あやかし宿の幸せご飯
〜もふもふの旦那さまに嫁入りします〜

朝比奈希夜

STARTS
スターツ出版株式会社

黄金色の柔らかで温かな、そしてたまらなく心地のいいふかふかのクッションが、私を包み込む。

毛並みの整ったそれはたっぷり空気を含んでおり、優しく抱きしめられているかのようだ。

頬ずりすると整った毛並みの向きが崩れるが、すぐにもとに戻る。

「彩葉」

満たされた気持ちで顔をうずめていると、誰かが私の名を呼んでいる。しかし、なぜか目を開けることができない。

「もう心配いらない。ゆっくりおやすみ」

そんな声とともに頭をなでられ、私は深い眠りに落ちていった。

目次

あやかし宿の幸せご飯
～もふもふの旦那さまに嫁入りします～

あやかし宿の幸せご飯

～もふもふの旦那さまに嫁入りします～

ナンパ師の正体

「おばあちゃん、おじいちゃんと会えた？　お父さんとお母さんも元気かなぁ」

私、佐伯(さえき)彩葉はさびれた墓苑(ぼえん)の古びた墓石の前でしゃがみ込んで話しかける。四十九日前に亡くなった祖母の納骨を済ませたのだ。

祖父は私が生まれる前に他界していて、写真でしか知らない。

幼い頃に事故で亡くなった両親の代わりに母方の祖母が私を育ててくれた。しかし、突然の心臓発作で帰らぬ人となった。

父方の祖父母はもうすでに天に召されている。捜せば他にも遠い親戚がいるのかもしれないけれど、会ったこともないのだから他人も同然。頼れる人もおらず、とうとう天涯孤独となってしまった。

でも、今日は泣くまいと決めている。私が泣いては、祖母が祖父のところに旅立てない気がしたからだ。

「ね、お弁当持ってきたよ。肉じゃがでしょ。それと、だし巻きたまごは外せないよね。あとは、切り干し大根の煮物。まあ、全部私の好物だけど」

小料理屋『桜庵(さくらあん)』を営んでいた祖母の手伝いをしながら料理を教わり、一応祖母の味に近いものは作れるようになったはずだ。

　しかし、話しかけても、もう祖母は答えてくれない。

　祖母が大切に使っていた曲げわっぱの弁当箱の蓋（ふた）を開ける。ヒノキの白木でできているこの弁当箱は手入れが大変だが調湿効果があり、ご飯が冷めたあともおいしさを保つことができる。

「皆で仲良く食べてね。私のことは心配しないで。頑張るから」

　笑顔を作りつぶやいたものの、本当は心が折れそうだった。なんの覚悟もなくひとりになってしまい、どうしたらいいのかわからないのだ。

「また来るね」

　このまま話していては涙がこぼれると思い立ち上がると、背後に気配がする。

　お坊さん？

　さっき、お経（きょう）をあげてくれたお坊さんがまた来てくれたのかと思い振り向く。すると、そこには身長が百九十センチ近くあろうかという、とんでもなくスタイルのいい若い男性が立っていた。前髪が長めの黒髪はサラサラで眉は凛々（りり）しく、黒い着物がよく似合っている。

　墓参りに来たのかな？

　そう思った私は、小さく頭を下げて彼のほうに足を進めた。そちらが出口だからだ。

「佐伯彩葉だな」

「えっ？」

しかしまったく見覚えのないその人に、低い声で名前を呼ばれて足が止まる。

誰？　店のお客さんだっけ？

瞬時に記憶をたどったが、まるで心当たりがない。

彼と目が合った瞬間、その目が赤く光った。

な、なに？

見間違いかと思ったが、やはり彼の目は赤い。途端に恐怖を覚えて、顔が引きつるのを感じた。

焦る私とは対照的に、男は右の口角を上げて不敵に微笑む。すこぶる整った顔立ちなのに、狂気に満ちた表情にゾクッとする。

逃げなくちゃ。

無意識にそう感じ踵を返そうとしたが、金縛りにあったように足が動かない。

なにこれ……。

あとずさることすらできないことに気がつき、背中にツーッと冷たい汗が伝い始める。

張り詰めた空気の中、その男が一歩二歩と近づいてくるので心臓がバクバクと暴走を始めた。

「だ、誰ですか？」

なんとか声を振り絞ると、冷笑する彼は「さぁ？」とあいまいな返事をよこす。

殺される？

彼から殺気が漂い、恐怖で歯がカチカチと音を立て始めて、自分では止められなくなる。このままではまずいとわかっているのに、どうしても体が動かない。

あの赤い目を見てからだ。なにかされたんだ……。

それを今さら悟ったところで現状は変わらない。目を見るだけで動けなくなることが果たしてあるのかわからないが、あれこれ考えている時間はなかった。

とにかく逃げる方法を見つけなくては。

「な、なに？　私になんの用ですか？」

私は時間稼ぎのつもりで質問をぶつける。答えてもらえないと思ったのに、彼は口を開いた。

「お前に邪魔されては困るのだ。おとなしく逝け」

邪魔？　なんの話？

「ど、どうして？　私、なにかしました？」

震える声で精いっぱいの抵抗をする。

どれだけ記憶をたどってもこの男のことを思い出せない。

大体、こんなにいい男なら普通は覚えているものでしょう？　人違いで殺されるなんてまっぴらだ。

でも、私の名前をはっきり口にしたのだから間違いではない？

混乱して考えがまとまらない。

「なにも覚えていないらしいな。安心しろ、ひと思いに殺してやる」

いい男の笑みに吐き気を催したのは初めてだった。

殺してやると高らかに宣言されて、安心するバカはいない。

頭の中が真っ白になり、恐怖のあまり呼吸が浅くなる。そのとき、突風が吹いてきて尻もちをついた。指先すら動かせなかった体が一瞬で吹き飛んだのだ。

いや、あの赤い目の支配から解き放たれたのかもしれない。

突風はすぐにやんだが、目の前にわずかに青みがかった黒色——黒橡（くろつるばみ）色の着物をまとった、これまた長身の男性が私をかばうようにして立っている。

どこから来たの？　いつ？

理解しがたい現象続きで、頭がうまく働いてくれない。

「チッ」

目の赤い男は、彼が現れるとあからさまに顔をしかめ、舌打ちした。

「黒爛。彩葉に手を出すな」

どうして彼も私の名前を知っているの？

「誰がお前の言うことなんて聞くか。ここでまとめて殺してやろうか？」

黒爛と呼ばれた男の声は、少し小さくなったような気もする。

「彩葉がそばにいる俺をお前ひとりではやれぬ。わかっているくせしてでかい口を叩くな」

凄みのある声で私をかばう男がけん制すると、悔しそうに「ふー」と大きく息を吐き出した黒爛は、煙が消えるように姿が見えなくなった。

き、消えた？

「大丈夫か？」

振り向いて微笑んだその人は、艶のある黄金色の髪を持つ美男子だった。

うしろ髪は長く、ざっくりとひとつに結わえている。そして前髪の間から覗く切れ長の目が印象的な彼を見ていると、なぜか懐かしい気持ちになる。

「は、はい」

先ほどとは違い体が自由に動くのに、今度は足が震えて立つことができない。

「腰が抜けたか？　まあ、無理もない」

彼は私の前にしゃがみ込み、「もう震えなくていい」と手を伸ばしてきて、子供をあやすように頭をポンと叩く。

目の前の彼は顔が小さい上に、男性なのに〝美しい〟という形容詞がぴったり当てはまる。しかもどことなく品があり、女の私ですら負けたと思うような妖艶さをたたえていた。

「あ、あのっ、消えっ……」

黒爛が消えただけでない。彼もまた風とともに姿を現した。

「あぁ、まあ手品のようなものだ」

「は？」

なんて適当な説明なのだろうとも思ったが、それより今は突然殺意を向けられたという事実に衝撃を受けている。

まっとうに生きてきたつもりだったのに、知らないところで恨まれていたなんて。

でも、黒爛は『邪魔されては困る』と口にした。とすると、恨んでいるのではなくこれから私がなにかをするということ？

私にできるのは料理くらいなのに。料理を作って恨まれることなんてあるの？

わけがわからず、頭が爆発しそうだ。

「百面相が得意なのか？」

「違います」

話しかけられてようやく我に返った。

「あ、ありがとうございました」

まだお礼を言っていなかった。

座ったままでは失礼だと思ったけれど、やはり腰が立ちそうにない。いまだになにが起こったのか呑み込めず、恐怖で鼓動の高鳴りが収まらずにいる。

「いや、当然だ」

当然？　どうして？

「私のこと、ご存じなんですか？」

「まあね。もうずっと前から知っているよ」

黒爛に凄んだときとはまるで違う柔らかな声にひどく安心した。

「ずっと前から？　お名前をお聞きしても？」

心当たりがない私は、少しでも思い出そうと名前を聞くことにした。

「俺は白蓮という」

「白蓮さん……」

名前を聞いた瞬間、雷に打たれたかのような衝撃に見舞われたものの、それがどうしてなのかはわからない。記憶の引き出しが開きそうで開かない妙な感覚に襲われていた。

「ごめんなさい。思い出せなくて……。どちらでお会いしたでしょう？」

「今はいい。そのうち思い出すさ。ただ、黒爛には気をつけろ」

「は、はい」

と言われても、突然目の前に現れるのだから気をつけようがない。

でも、彼が来てくれて命が助かった。

そういえば、『俺をお前ひとりではやれぬ』と口にしていたが、白蓮さんはケンカが相当強いということだろうか。実際、黒爛はすぐに去っていったし、白蓮さんはたしかに細身ではあるが肩幅はがっちりしていて、和服の袖からチラリと覗く腕には筋肉の筋がスーッと見える。鍛えられているようだ。

「黒爛というのは誰なんですか？」

どうして私が襲われたのだろう。しかも殺すだのなんだの、尋常ではない。

白蓮さんは質問に答えることなく、お弁当を供えたばかりの墓石に視線を移した。

「納骨だったか」

「……はい」

もしかして祖母の知り合い？

しかし、どう見ても二十代に見える彼と祖母の接点はなに？　店のお客さんなのかな……。

「キャッ」

尋ねようとした瞬間、彼が私を軽々と抱き上げるので目が点になる。

「な、なにして……。下ろしてください」

「歩けないんだろ？　おとなしくしてろ」

威圧的な言い方をする彼だったが、その視線は優しい。

それにしても、まつ毛が長い……。

二重で切れ長の目に見惚れてしまい、一瞬そんなことを考える。しかしすぐに我に返った。

「い、いえっ。下ろして！」

俗に言う〝お姫さま抱っこ〟というものを初めて経験したせいか、顔が沸騰しそうなほど熱い。恥ずかしくてたまらないのだ。

「まだ震えているが、お前は虚勢を張るのが趣味なのか？」

「違います。そんな趣味はありません」

「あぁ、先ほどから耳が赤いな。こうしたことに慣れていないからか」

図星をさされて、虚勢を張っていることにしたほうがましだったと後悔した。

「そ、それも……」

『違います』と言おうとしたが、彼にニヤリと笑われて口を閉ざす。〝わかっているぞ〟と顔に書いてあったからだ。

白蓮さんは祖母の墓の前まで行くと、ようやく下ろしてくれた。しかし、まだ腰が立たないと思ったのか、彼はしゃがんだあと私を自分の片膝に座らせ、腰を支える。

けれども彼は着物だ。前の合わせが大きくはだけたせいで筋肉質な脚が視界に入り、いたたまれない。

「頬まで真っ赤になったが、どうしたんだ？」

「な、なんでも……」

不自然に視線をキョロキョロさせると、彼が小刻みに肩を揺らし始めた。

「もう体の震えは収まったようだな」

「ん！」

まさか、私が照れているのをわかっていてわざとからかっていたの？　恐怖で震えが止まらなかったから和ませようと？

それに気づきあわてて離れると、彼は笑いを噛み殺していた。

たしかに震えが収まったのはありがたいけれど、なんという荒療治！

「それはそうと、うまそうな弁当だ。ばあさん直伝の味か？」

「祖母のことをご存じなんですね？」

「あぁ。ばあさんの料理を食ったことがある」

やはり、店のお客さんのようだ。

「そうでしたか。料理は祖母に教わりました。両親が幼い頃に亡くなっているので、ひとりになってしまって……」

聞かれてもいないことまで漏らしてしまった。

さっきは祖母の骨を収めたばかりの墓前で強がってみせたが、本当は孤独に耐えられず、誰かにこの不安な気持ちを聞いてもらいたかったのかもしれない。

祖母が逝ってしまってから、どんな料理を作っても味を感じられないし、笑顔を作っても顔がこわばっているのがわかる。

とはいえ、初めて会った彼に話すことではないのは心得ている。でも、なぜか懐かしさを感じる彼にすがりつきたくなった。

「事故は……。そうだな……」

途端に眉をひそめた彼は、『事故』と口にした。

「どうして両親の事故のことを？」

私は亡くなったと告げただけでしょ？

祖母は桜庵のお客さんに事故の話などしていないはずだ。個人的な付き合いがあったのだろうか。でも、私は彼のことを思い出せない。

白蓮さんは質問には答えず、その代わりにすくっと立ち上がって私の目をじっと見つめる。

「間に合わなくてすまなかった」

「えっ……」

どういう意味？

「彩葉」

あれっ？　私、この声で名前を呼ばれたことが遠い昔にもあるような。

「黒爛はおそらくまたやってくる」

「そんな……」

あの殺気を思い出すと緊張が走る。

どうしてこんなに怖い目にあわなければならないの？

「助けてやるから、俺の嫁になれ」

「は？」

緊迫した空気がそのひと言で吹き飛んだ。

なにを言ってるの？

「だから、俺の嫁だ。そうすれば守ってやることができる」

ずいぶん親切な人だと思っていたのに、ただのナンパ師だったの？

もしかして、黒爛と結託(けったく)して切羽詰まった状況を作り出し、恩を売ってからナンパするのが目的だったとか？　ううん。それじゃあ、あの赤い目はなに？

　突然姿を現したり消えたり……。信じがたいことが目の前で起こり、激しく混乱している。この状況で『嫁になれ』なんて軽々しく口にする彼に嫌悪感を覚えた。

「なんなんですか、あなた。人をバカにするのもいい加減にしてください！　しかも、おばあちゃんの前で……」

　うっかり親切な人だと心を許しそうになった自分が悔しくてたまらない。

　祖母に心配をかけまいと泣くことすら耐えてきたのに、こんな男に引っかかる姿を見せたら、安心して天国に行けやしない。

「ばあさんの前だから言ってるんだ」

　あぁ、彼がなにを考えているのかさっぱりわからない。どうやら私たちの意見が交わることはなさそうだ。

「失礼します！」

　こんなに腹が立ったのは初めてだった。祖母のことまで冒涜されたようで、むかつきが止まらない。

　感情の爆発が抑えられなくなった私は、一目散に墓苑から駆けだして家に戻った。

　町屋風の趣のある桜庵の二階は、住居になっている。ここでずっと祖母とふたりで暮らしてきた。

家の前には大きなソメイヨシノの木が一本あり、それが店の名前の由来だ。

窓を開け放ち、晴れ渡る空を見上げる。

「もうすぐ咲くのに……」

祖母は毎年桜吹雪が舞うのを心待ちにしていた。

あと一週間もすれば淡いピンク色のつぼみを膨らませたあと一気に開花し私たちを楽しませてくれるのに、今年は一緒に見られなかった。

「それにしても……」

あの白蓮という男。最低だ。思い出すとはらわたが煮えくり返る。

でも……。どうして両親が事故で死んだことを知っているのだろう。

嫁になれなんてとんでもないことを言いだされて頭に血が上ったけれど、あの口ぶりでは彼が私をよく知っていることには間違いないようだ。

なんとなく懐かしい感覚に襲われたのは、気のせいではないのかも。

「いやいや、だまされちゃダメ」

そんな考えに流されそうになって自分を戒めた。

これからはひとりで生きていかなくてはならないのだから、しっかりしなくては。

その晩は、カーテンを開けたまま眠りについた。下弦の月が煌々と輝く夜空を、祖母が上っていくような気がしたからだ。

「おばあちゃん、ゆっくり眠ってね。私は大丈夫」

祖母はこの家と桜庵、そして私のためにコツコツ貯めたお金を残してくれた。それに、預かってもらっていた父と母の遺産もある。だから当面の生活には困らないが、これから先どうしたらいいのかまだわからない。誰にも相談できないという状況に心が折れそうになっていた。

しかし、疲れがたまっていたようで、いつの間にか眠りに落ちた。


――「わー、あったかい！」

ふわふわの毛皮のようなそれは、小さな――おそらく四、五歳の私が飛びつくと体にまとわりついてきて包み込んでくれる。

「彩葉」

誰かが私の名前を呼んでいるけれど姿は見えない。

「だあれ？」

質問したのに返事はない。

けれども、その毛皮はいつまでも私を守るように離れなかった――。

「はっ！」

またた……。またあの夢を見た。

飛び起きて壁にかかった古ぼけた時計を見ると、朝の七時十分。

幼い頃から繰り返し見るこの夢は、一体なんなのだろう。

「あっ……」

私はあることに気がついてハッとした。

あのもふもふの毛皮、白蓮さんの髪の色とそっくりだ。いや、でも私を包み込むあれはもっとふさふさで柔らかくて……言うなればなにかの尻尾のようなものであって、決して人の髪ではない。

「偶然よね。おばあちゃん、おはよ」

朝一番にするのは、仏壇に手を合わせること。

「もう天国についた？」

どうせなら、一緒に連れていってほしかった。

弱気になってしまうのは、『おはよう』というあいさつを返してくれる相手すらいなくなったという寂しさからだ。

「ダメだ」

そんな気持ちを抱いたら、祖母が悲しむ。祖母は私を生かすために桜庵で必死に働いてくれたのに。

私は自分を奮い立たせて、一階の店に向かった。

カウンターを挟んである厨房は狭く、人がひとり立てばすれ違うのも大変だが、祖母はこの中を動き回っていた。私はカウンターの向こうで、座敷席のお客さんの注文を聞いて運ぶのが主な仕事だった。そうしているうちに料理を覚えていった。

私は久しぶりに桜庵の厨房で料理を始めた。いつもは二階で弁当を作るが、懐かしくなったのだ。

年季の入ったヒノキのまな板は包丁のあたりがよくとても使いやすい。祖母が手入れを怠(おこた)らなかったおかげで、ずっと現役だ。

いつも弁当の残り物が朝食になるのだが、カウンター席に座って口に入れても味気ない。

「こんな味だったっけ……」

祖母に教えてもらった通りに作っているはずなのに、祖母が亡くなってからなにを食べてもおいしく感じられない。

結局、少しだけ食べて弁当を詰め、私は家を飛び出した。

明日は修了式。いよいよ春休みだ。

高校二年生も終わりを迎え、受験に本腰を入れなければならない時期だけど、私は進学する予定はない。

もともと卒業したら桜庵を本格的に手伝うつもりだった。祖母は『大学に行きたければそうしなさい』と盛んに勧めてくれたが、繁盛はしていたけれど、〝誰でもおいしいものを食べられるように〟という信念でギリギリの価格に抑えていた小料理屋の売り上げがたいしてあるわけではないことを知っていたからだ。

しかも料理を作るのは楽しくて、祖母と同様桜庵に愛着があり一緒に盛り立てていきたいとずっと思っていた。

弁当を持ち登校したものの、学校に近づくにつれ足が重くなってくる。

祖母を亡くして苦しい時期だというのに、友達の前で作り笑いをしているのがつらいのだ。

私に両親がいないことは周知の事実で、〝かわいそうに〟という空気はクラスメイトの間でも常に漂っている。

そうした気遣いはありがたいといえばありがたいが、祖母に大切に育てられた自分をかわいそうだと思うのは違う気がしていたし、できれば皆と対等な立場でいたかった。けれど、これがなかなか難しい。

今までは、暗くならないように大げさに笑ったり、おどけてみせたりすることも難なくできていたのに、祖母の死まで上乗せになるとさすがにきつい。

一度、こんなに心が痛いのにどうして笑っているのだろうという疑問が芽生えると、それを納得させる答えを見つけられなくなった。

「彩葉、おはよ」

「あっ、おはよ」

クラスメイトが私を見つけてあいさつをしてくる。

私はとっさに笑みを浮かべたが、顔が引きつっているのを感じていた。

「なんかお腹が……痛い、な……」

近寄ってきた彼女の前で、とびきりくさい演技を披露する。我ながら大根だと思ったが、女優じゃないんだから仕方がない。

「ちょっ、大丈夫?」

「イタタタタ。食べすぎかな。ね、先生に腹痛で休みますって言っておいて」

「わかった。お大事に……」

私は大げさにお腹を押さえてクルッと学校に背を向けて歩きだした。

しばらくはさも痛そうに前かがみ気味で歩いていたが、誰もいない裏路地に入った瞬間、背筋を伸ばす。

「とうとう仮病使っちゃった」

ちょっとした罪悪感を感じつつも、もっと早くこの手を使っておけばよかったとも思った。

もう学校に行きたくないな……。

勉強が嫌だとか学校生活が楽しくないとか、そういうことではない。本当は泣きたいくらいなのに笑っていなければならないのは、なかなか努力が必要なのだ。

「桜庵を再開しようかな……」

まだ祖母ほど料理はうまくないけれど、なんとか店を続けられないだろうか。窮屈な思いをしてまで高校に通う理由が今の私には見つけられなかった。

そのまま家に戻ろうとしたが、カバンの中の弁当を思い出す。

〝弁当箱は白木に限る〟と譲らなかった祖母がいないので、他の皆と同じようにかわいらしい弁当箱に変えてもよかったのに、いまだわっぱ弁当箱を使っている。家にはいくつもあり、手入れしながら長く使ってきたので愛着がある。しかも、やはりご飯がおいしい。

「お供え、してくか……」

祖母は家から徒歩十分ほどの距離にある小さな神社にいつもお供え物をしていた。神社といっても社務所があるわけでもなく、神主さんもいない。朱色がところどこけだ。
ろに残る古ぼけた鳥居と小さな手水舎。そしてこれまたかなり小さめのお社があるだ
　しかも、知らなければ気がつかないような小道を山に向かって入っていき、ようや
く姿を現すそこは、地元の人たちもめったに訪れない。
『神さまも寂しかろうから、ときどき話し相手をしないとね』というのが祖母の口癖
で、私も一緒に何度か通った。
　墓はお寺にあるように、特に神道を極めているわけではなく、ただ近所に住んでい
るからという理由だったが、私はそんな祖母の優しさが大好きだった。
　もう神さまの話し相手をする祖母がいないので、私がその役割を引き継ぐべきなの
かもしれないと思っている。
「こんにちは。私のお弁当で悪いんですけど、どうぞ」
　お社の前に弁当箱を供え、手を合わせる。
　今日はぶりの照り焼きをメインに、きんぴらごぼうやがんもどきが入っている。
　しばらくして弁当箱の蓋を閉めようとしたとき、妙に生暖かい風がまとわりついて
くるのに気がついて嫌な予感がした。
「こんなところにひとりで来るとは。襲ってくださいと言っているようなものだな」
　足音もなく現れたのは黒爛だ。

瞬時に昨日のことがフラッシュバックしてきて、緊張が走る。

「な、なんなの？　こんな田舎でナンパしてないで都会のかわいい女の子が集まる場所に行けばいいでしょ？　もうだまされないんだから！」

私は大声を張り上げて、虚勢を張った。

結局、彼の赤い目の秘密も、こうして突然姿を現すことも一切解明されていない。でも、考えたところで答えが出ないのだから、手品や催眠術の類に引っかかったと自分を納得させていたのに。

「ナンパ？　お前、頭が弱いらしいな」

「し、失礼よ！」

昨日から不愉快で仕方ない。

けれどとっさに顔を伏せた。赤い目と視線が合って、また動けなくなってはいけないと思ったからだ。

「ははっ。少しは学習能力があるらしい。しかし、お前ごときひとひねりだ」

カサッカサッと、積もりに積もった落ち葉を踏みしめる音が近づいてくる。

私はうつむいたままあとずさりしたがお社にぶつかり、その拍子に供えてあった弁当が転がってしまった。

「邪魔なんだ。お前がいなければ……」

体は動くが、昨日と同じようにすさまじい殺気に気圧されて、震えが止まらない。

とうとう伏せていた視界に黒爛の足が入り、私はとっさに横に向かって走りだした。

しかしすぐにドンとなにかにぶつかったかと思えば、瞬間移動でもしたのかそれは黒爛で、首に手が伸びてきてギリギリと絞め上げられる。しかも片手で。

「んんんんっ！」

必死にもがいて黒爛の手をはがそうとしたもののびくともしない。

嫌だ。死にたくなんてない。

「汚い手を離せ！」

いよいよ意識が遠のきそうになったとき、低い怒号が耳に届き黒爛の手が離れる。

助かった？

地面に崩れ落ちた私は、絞められていた首を押さえて、肩を大きく上下させながら酸素を貪った。

うっすらと目を開けると、黄金色の髪が見える。白蓮さんだ。

「またお前か」

「彩葉を傷つけるヤツは容赦しない」

「ふん。俺はその女ほどバカじゃないんでね」

昨日はそそくさと退散した黒爛だったが、なんと今日は薄気味悪い妖怪のようなものを三体引き連れていた。

　ひとつ目の一本足に、顔のないもの。赤い舌を出した鋭い爪を持つ四つ足の生き物。

「な、なに、これ……」

　全身に鳥肌を立てて気絶しそうな私とは対照的に、白蓮さんは動じる様子もなく微動だにしない。

「一本ダタラにのっぺらぼう、そして赤舌か。それだけで俺に敵うとでも?」

　のっぺらぼうしかわからないが、やはり妖怪?

　現実とは思えない光景に、体の震えが激しくなる。

「お前の弱点はその女だろ?」

　ニヤリと笑った黒爛の背中に大きな黒い翼が見えたので思考が固まる。

　カラス? いや、天狗(てんぐ)? 彼も人間じゃないの?

「はー。争い事は好まないのだが、お前だけは許せぬ」

　盛大なため息をついた白蓮さんだったが、次の瞬間、九本もあるふさふさの尻尾と小さな耳を出したので、息が止まりそうになった。

「彩葉、下がれ」

　私に背を向けたままの彼に強い口調で指示されて、カクカクうなずく。そして目を白黒させながら這(は)うようにうしろへ下がり、木の陰に身を潜めた。

しかしその木は細く、体を隠しきれない。かといって他に隠れられそうな場所もない。

いっそ逃げたほうがいい？と考えたものの、神社の出口があるのは黒爛が立っている方向だ。

私はあたりをぐるりと見回してみた。すると、少し先に細い獣道のようなものがあることに気づいたが、これ以上森の中に入っていくのもためらわれる。

そんなことを考えているうちに、黒爛が翼をバサッバサッと動かして風を起こす。

すると、無数の羽が私をめがけて飛んできた。

「キャッ」

私をかばうようにして立った白蓮さんがそれのほとんどを尻尾で払いのけたが、一本が頬をかすめる。

「卑怯なヤツだ。俺を狙え！」

白蓮さんは怒りをあらわにして黒爛に向かっていく。ダン！と地面をひと蹴りしたかと思うと宙を舞い、ひとつ目の妖怪に蹴りを入れてから次は顔なしへ。まったく隙のない動きでダメージを与えていく。

しかしその間に黒爛が再び私に向けて羽を放つので、攻撃してはかばうことの繰り返し。四体も相手にして対等に戦える白蓮さんの力が圧倒的に優位に見えるが、これではきりがない。

そのうち私をかばいつつ戦う白蓮さんの左腕に、とうとう黒爛の羽が刺さってしまった。白蓮さんは羽を自分で抜き去り、血が流れることも意に介さない様子で再び向かっていく。

「お願い、やめて！」

白蓮さんの左手からポタポタと真っ赤な鮮血が流れるのに気づいて、黒爛に向かって声を振り絞った。懇願してもやめてくれる相手ではないことはわかっているが、私にできるのはそれくらいだ。

しかしその拍子に、うかつにもあの赤い目と視線を合わせてしまった。

まずい。また金縛りにあったように体が動かない。しかも、先ほど頬をかすめた羽になにか仕込まれていたのか、体が燃えそうに熱くてしびれてきた。

焦り表情を硬くしていると、黒爛が私に向かって薄気味悪い笑みを浮かべ、再び翼を動かし始める。

「クソッ」

赤舌の鋭い爪をよけ、ふさふさの尻尾で跳ね飛ばした白蓮さんは、私のところまでやってくると片手で軽々と私の体を抱え、飛んできた無数の羽をよけた。そして先ほど見つけた獣道を入っていく。

「いったん退散する。大丈夫か？」

すさまじい速さで進む彼に問われ、罪悪感でいっぱいになりながら小さくうなずく。

私……白蓮さんの言っていたことは正しかったのに、忠告を聞かなかった。そのせいで彼にケガを負わせてしまった。

それにしても、尻尾を出したり羽を出したりする彼らは何者？

とても手品や催眠術では説明がつきそうにない。

さっきののっぺらぼうたちと同じ妖怪の仲間？　いや、妖怪なんて想像上の生き物じゃないの？

「まずいな。体温が上昇している。苦しいだろ。すぐに楽にしてやるからな」

やはり黒爛の羽のせいだろうか。のどが詰まったように息がうまくできなくなった私は、意識がもうろうとしてきて気を失った。

「彩葉さま？」

名前を呼ばれた気がして重い瞼を持ち上げる。すると、絣模様の着物をまとった目がクリクリの少年が、私の顔を覗き込んでいた。

「あー、よかった。お目覚めになったんですね」

百三十センチほどの背丈で、八、九歳の子供に見えるが、言葉遣いが丁寧で大人のようだ。

「あなたは？」

「白蓮さまにつかえております、勘介と申します。白蓮さまー」

ごく簡単に自己紹介した彼は、障子を開けてすっ飛んでいってしまった。白蓮さんを呼びに行ったらしい。

「ここ、どこ？」

白地に菖蒲の模様の入った浴衣を着せられて布団に寝かされていた私は、上半身を起こして二十畳ほどはある和室をぐるっと見回す。見覚えがないはずなのに、なぜか遠い昔に来たことがあるような気がした。

そのうちドタドタと足音が近づいてきて、白蓮さんが姿を現した。

そういえば……黒爛に襲われて彼が助けてくれたんだ。あのときあったふさふさの尻尾も耳も、今は見当たらない。

彼はずかずかと部屋の中に入ってきて、私の横であぐらをかいた。勘介くんは少しうしろに正座している。

「気がついてよかった……」

安堵（あんど）のため息を漏らす彼に、ずいぶん心配をかけたようだ。

「私……」

「黒爛の羽には毒が仕込まれている。お前の頬をかすめたとき、体内に入ってしまったのだろう」

だから、体が熱くてしびれてしまったのか。

「白蓮さんは？」

彼はかすめたどころか、ぐさりと刺さり流血していたはずだ。

「俺は大丈夫だ。毒に耐性がある」

とはいえ、血がポタポタと滴（したた）り落ちていた光景を思い出して、顔が険しくなる。

「傷は？」

「もうなんともない。俺たちは傷の治りが早いんだ」

彼は左の着物の袖をまくり、ムキムキの上腕二頭筋を見せつけてくる。そこには傷痕ひとつ残っておらず、安堵した。

「ごめんなさい。私……白蓮さんのこと、ただのチャラい男だと思って……」

「チャラいとは？」

すかさず質問してきたのは勘介くんだ。

「お前は知らなくていい」

すぐさま彼をけん制した白蓮さんが私の頬にそっと触れたあと、その手を滑らせて今度は首をなでるので、拍動が速まる。墓苑で彼に抱き上げられて頬を赤く染めたように、男の人に触れられるのには慣れていないのだ。

「解毒薬を飲ませたから、体はもう大丈夫だ。しかし傷が治癒するにはしばらくかかるかもしれない。薬草は塗ってあるが、すまない」

そうか。羽がかすめた切り傷だけでなく、首を絞められた痕も残っているのだろう。ここには鏡がないのでわからなかった。

しかし、彼は助けてくれたのだから謝る必要はないのに。解毒剤がなかったら、今頃どうなっていたことか。考えるだけでも身の毛がよだつ。

「解毒剤、ありがとうございました」

「大変だったんですよ。意識がない彩葉さまはなかなか飲んでくださらなくて、仕方なく白蓮さまが口移しで――」

「え……？」

「勘介、余計なことは言うな」

口移し？　嘘(うそ)……。

私のファーストキスは、記憶がないまま、しかも好きでもなんでもない人――いや、それどころか人ならざるものに奪われたということ？

あぁ、また熱が出てきそうだ。

「彩葉、顔が真っ青だ。もう一度横になれ」

私の顔を青ざめさせた張本人が、布団の中へと促してくる。

まあ……飲まなければ命を落としていたかもしれないのだから、ここは感謝すべきところではある。とはいえ、ファーストキスへの憧れを過大なほどに抱いていた私にとって、ショックだったことには違いない。

これはノーカウントよね……。

そんなことを考えて自分の気持ちに折り合いをつけた。

それより聞かなければならないことがたくさんある。

「白蓮さん、あなたは誰なんですか？」

やはり思い出せない。というか……人間ではなさそうな彼と会ったことがあるはずもない。

ああして身を挺して助けてくれたから信頼して落ち着いて話していられるが、そうでなければ一目散に逃げているはずだ。

「俺の姿を見ただろう？　ここはあやかしの住む〝かくりよ〟。俺は妖狐だ」

「妖狐……」

彼は説明をしながら再び尻尾と耳を出してみせる。

かくりよという言葉は聞いたことがあるが、本当に存在するとは思わなかった。

「白蓮さまは、妖狐の中でも最上位の九尾でいらっしゃいます」

子供に見える勘介くんが、実になめらかに説明を加える。

「九尾……。あ……」

黄金色の――繰り返し見る夢に出てくるのは、こんな尻尾だ。

「どうかしたか？」

白蓮さんは布団に横たわる私を愛おしそうな目で見つめて、尋ねる。

私……ずっと昔にもこうしてもらった気がする。ふさふさの尻尾に包まれて、『彩葉、おやすみ』と頭をなでてもらっていたような……。

「いつも夢を見るんです。黄金色の尻尾に包まれてひどく安心する夢を」

「それは夢ではございませんよ」

口を挟んだのは勘介くんだ。

「どういうこと？」

「白蓮さまは彩葉さまをお助けになったのです」

あの夢に出てくる私は、四、五歳くらいの小さな子供だけれど、その頃にも助けてもらったことがあるということ？

「勘介。お前はもういい。用があれば呼ぶから退室しなさい」

「かしこまりました」

勘介くんの話を遮った白蓮さんは、彼を部屋から追い出した。

「すまない。勘介に悪気はないのだが素直すぎて、なんでもぺらぺらと……」

「い、いえっ。あの……助けてくださったというのは、私が小さな頃のことじゃないですか？」

「無理に思い出さなくてもいい。しかし俺は、ずっとお前を捜していたんだ」

「え……？」

思いがけない言葉に、きょとんとする。

どうして妖狐が私を捜すの？

「これから話すことを、信じるも信じないも彩葉の勝手だ。ただ俺は、真実だけを話す」

そんな前置きをした彼は、少し身を乗り出して私の顔を覗き込んだあと、口を開いた。

「彩葉と俺は、三百年ほど前に夫婦だった」

「はっ？　夫婦？」

三百年前？　……ということは江戸時代だ。私がその時代にも生きていたというの？　前世っていうやつ？　しかも人間ではなくあやかしと結婚していたと？　そんなことある？

予想の斜め上を行く発言にただただ驚き、ポカーンと口を開けるしかない。

「そうだ。当時も今も、いろいろなところに出入口があり、彩葉たちが暮らすうつしよとかくりよは行き来できる。俺はそこを通って、時折うつしよに行っていた」

私が神社で気づいた獣道がそうだったのだろう。

「その頃の彩葉も料理がうまくてね。料理屋を営んでいた彩葉のもとに通い詰めているうちに恋に落ちて、彩葉は俺が妖狐だと知っても嫁いできてくれた」

怖くはなかったのだろうかと疑問に思ったが、今、白蓮さんがそばにいても震えるようなことはない。たとえ相手があやかしであっても信頼し合えるものなのかもしれない。

「そう、だったんですか……」

にわかには信じがたい話ではあるけれど、そもそも目の前の彼が妖狐であり、ここがかくりよだということが今までの常識では測れないのだから、ひとまずは素直に信じることにした。

「お前がここに嫁いできてくれて、本当に幸せだった。あやかしには彩葉ほどうまい料理を作れる者がいなくて、俺の臣下にまで手料理を振る舞ってくれたから、ここにいる皆、彩葉のことを慕っていたんだ」

ずっと昔の私も料理好きだったなんてなんだかうれしい。しかも、かくりよでも決して孤独ではなかったと知り、安堵した。

もしかしたら、今の私よりずっと幸福を感じながら暮らしていたのかもしれない。

「俺たちあやかしは、幸せを糧にする生き物だ。だから気持ちが満ちあふれていればいるほど、その力は増大し強くなる。俺は長年の修行で妖狐の中で最上位の九尾となったが、彩葉を娶ってその力はさらに倍増した」

「幸せを糧に……」

だとしたら今の私は彼の力をそいでしまうのではないだろうか。たったひとりの家族だった祖母を失い、正体不明の黒爛とかいうあやかしに襲われるという、わりと人生のどん底を味わっているからだ。

離れるべきだと考えて、しかしどうすればいいかわからず布団の中に潜ったのに、あっさりめくられてしまった。

「なにしてる？」

「私、疫病神なんですよ。そばにいたら白蓮さんのせっかくの力が減少してしまいます」

思ったことをそのままぶつけると、彼はあきれ顔で首を横に振っている。

「布団を被ったくらいでどうにかなると思っているのか？」

一応気を使ったのに、そんなにバカにした言い方をしなくたっていいでしょ？

「それに俺は今、力がみなぎっていくのを感じているが？」

「嘘……」

「嘘ではない。彩葉、俺の目を見て」

促されて視線を向けると、あまりに真摯な眼差しとぶつかり、心臓が意思とは関係なく鼓動を速める。

しかし彼は気にする様子もなくそのまま話を続けた。

「彩葉がそばにいることこそ幸せなのだ。俺はこのときを待ちわびていた」

本当、に？

私を待ちわびている人、いや、あやかしがいるなんて信じられない。けれど、彼の目は嘘をついているようにも見えなかった。

「あの頃も幸福で満たされていたのに……お前を娶って二年。穏やかな生活に突然終止符が打たれた。お前は黒爛に襲われたのだ」

「黒爛!?」

「痛っ」

黒爛の名前が出てきて、しかも襲われたとまで聞かされて、興奮のあまり上半身を起こすと、見事に白蓮さんの額に頭がぶつかって、ゴツッという鈍い音が響き渡った。

白蓮さんは顔をゆがめて額を押さえ、「あぁぁ」と情けない声を出している。

神社であんなに気持ちの悪いあやかしたちを相手に優位に戦っていた人とは思えない。おそらく私がいなければ、四体相手でも勝利していたと感じるほど強そうなのに。

「だ、大丈夫ですか？」

「この、石頭め！」

うわっ、怒ってる……。

「ごめんなさい」

「嫁になるなら許してやる」

「なりません！」

油断も隙もあったもんじゃない。

この調子では、痛そうにしているのは演技なのでは？と彼の額に視線を移すと、予想より真っ赤になっていて、そういうわけでもなさそうだ。

「ふぅ、まあいい。それでなにを話していたか……」

「黒爛ですよ！　黒爛」

「あぁ、そうだった。襲われた彩葉は虫の息だったにもかかわらず、俺の腕の中で『またいつか会いましょう』と微笑んで息を引き取った」

黒爛に殺されたということ？　まさか、そんな因縁があったなんて。

「私、死んじゃったんだ……」

「そうだ」

と言われても、私はここに生きているのだからピンとこない。

「それから俺がどんな思いでお前を捜していたと思う？」

「三百年も？」

「あぁ。何百年でも何千年でも、もう一度彩葉に会えるのならと……」

白蓮さんは一瞬顔をゆがめて、思わずというような感じで私の手を握った。

その行為から、彼が本当に私に会えて喜んでいるのだと伝わってくるような気がして、目頭が熱くなる。もうひとりになってしまったと絶望していたのに、まさかかくりよのあやかしが私を捜してくれていたとは。

正直、まだ半信半疑だけれど、彼が真剣なことだけはわかる。

「黒爛は、どうして私を？」

三百年前の私も今の私も、躍起になって命を奪おうとするのはどうして？

「それは、さっきも言ったが、俺たちが幸せを糧にして強くなる生き物だからだ。かくりよは、天照大御神（あまてらすおおみかみ）を祭神とする陽の世と、月読命（つくよみのみこと）を祭神とする月の世と二分されている。ここは陽の世。そして大天狗の黒爛が支配しているのが月の世だ」

ふたりは対立関係にあるということ？

「黒爛は陽の世も支配したがっていて、俺が邪魔なのだ。だから再び彩葉を得て俺の力が増大することを嫌っている」

黒爛は『邪魔されては困る』と口にしたが、そういうことだったのか。

「でも私……三百年前の私とは違います。嫁入りしろと言われても困るんです」

なんとなく話は見えたし、彼の優しさは伝わってきたが、今の私は白蓮さんに恋愛感情を抱いているわけではない。『嫁になれ』と言われて『はい』と安易に言えるはずもない。

「その通りだな……」

彼は眉尻を下げ、肩を落としている。

白蓮さんにしてみれば、三百年という長い年月を経て私をようやく見つけたのかもしれないが、その記憶がまるでない私には前世のことまで考えが及ばない。決して順風満帆な人生ではないけれど、今までのままでいい。

「私は白蓮さんに嫁ぐつもりも、守ってもらうつもりもありません。ただ、今まで通りの生活を送りたいだけです。それに……命を狙われるような世界にはいたくありません」

それが本音だ。

三百年前の私は彼を愛したのかもしれないが、今の私はそうではない。

白蓮さんが窮地を救ってくれた恩人だともちろん理解している。けれど、前世の記憶がないのに嫁入りしろと言われても、よく知らない人にいきなりプロポーズされたような状態なのであって、結婚詐欺では？と疑うレベルだ。しかも相手は人間ではなく、もふもふの尻尾を持つあやかしだという、とんでもない条件付き。

それに、いくらかくりよがふたつに分かれていて対立していると聞かされても、どちらの世にいるのもあやかしに違いない。あの神社で見たひとつ目や赤舌のような薄気味悪いあやかしと、毎日対峙していたらいちいち気絶してしまいそうだ。

「うん」

彼は苦々しい表情で短く返事をしたあと、しばらく黙り込んでしまった。

もしかして、落ち込んでいるの？

あまりに特殊な状況なので遠慮せず自分の気持ちを伝えたけれど、よくよく考えたら、白蓮さんは長年好きだった人にこっぴどく振られているのと同じ状況でひどく傷ついたのかもしれない。しかもその〝長い〟が、三年や四年ではなく、三百年という気の遠くなるような期間だからなおさらだ。

申し訳なくなり「あのっ」と声をかけると、彼は私と視線を合わせた。

「私、ひどいことを言ったかもしれません。ごめんなさい」

素直に首を垂れるのは、祖母に『誰かを傷つけたときは誠心誠意謝りなさい』と厳しく言われ続けてきたからだ。

「いや。俺はこれからもっとひどいことを言う」

「は？」

そんな前置きは聞いたことがない。

「聞きたくないです」

「そういうわけにはいかない」

一応抵抗してみたが、彼も断固拒否らしい。

〝もっと〟ってどれくらい？　私、耐えられるの？

生唾を飲み込み、膝の上の手を握りしめ、私も傷つけたのだから仕方がないと覚悟を決めた。

するとと白蓮さんは神妙な面持ちで私を見つめて口を開いた。

「黒爛は、彩葉がどれだけ俺とは関係がないと主張しても、また命を狙ってくる。あいつにとってひとりの命の重さなど、吹いたら飛んでいくほど軽いもの。彩葉が俺に嫁ぐ気がないとしても、念のためにと手をかけるだろう」

「そんな……」

自分のまったく知らないところで勝手な思惑が動いていて気分が悪い。しかも、生きるか死ぬかという一大事なのだからなおさらだ。

「ここにいれば守ってやれる」

「だからって嫁入りなんて……」

結婚は付き合うのとは違う。一度契りを交わしたら、お気軽に離縁できるものではない。それとも、かくりよでの婚姻はもっと軽いもの？

「それに関しては、俺が焦りすぎたかもしれない。三百年待ったのだから、あと十年や二十年くらい待てる」

私の気持ちが傾くのを待つつもり？

「そうじゃなくて。私以外の方に目を向けたらいかがでしょう？」

「俺が彩葉以外の女を愛すとでも？」

強烈な反論を食らい、しかし不覚にもドキッとした。

「あ、それは……。んー」

どうやら振られてめげているわけではなさそうだが、わりと厄介なことになりつつある。とはいえ、まっすぐすぎる彼の気持ちがズドンと胸に刺さったのは否定できなかった。

「とにかく、ここで生活をしろ。ここにいれば必ず命は守ってやる」

命を守ってくれるのはありがたいけれど……。

「でも……人間界が、いいです……」

とにかく帰りたいことを控えめに伝える。

祖母も亡くなり、人間の世界に未練があるとは言わない。けれども、あやかしだらけのかくりよで暮らすなんて考えられない。

三百年前の私は、どれほどの覚悟でここに嫁いできたのだろう。

「俺は陽の世を守るという役割も果たさなければならない。ずっとかくりよを離れていることが叶わない」

ちょっと待って。私がもとの世界に戻るとしたら、ついてくることが前提なの？

「お前が今、うつしよに戻るということは死を意味する。黒爛に襲われて対峙できる力があるのか？」

「それは……」

あるわけがない。あの赤い目も黒い毒の羽も、どうやってよけろと言うの？

「黒爛は、天狗の中でも最も強力な力を持つ大天狗だ。月の世側で唯一、俺とまともに争える。まあ、彩葉がそばにいて負けることはないが」

彼はあやかしは幸せを糧にする生き物だと言っていたが、私がいることで気が満ちて力を増大させるということか。

墓苑で黒爛があっさりと身を引いたことや、神社に他のあやかしを引き連れてきたことを考えると、私の影響力が自分の想像の範疇を超えている気がしてなんだか怖い。白蓮さんが勝手に言っているわけではなく、黒爛までもがそう認めているということだからだ。

「彩葉が命を落とすことを、お前の両親やばあさんが望むとでも？」

その聞き方はずるい。答えはひとつしかないでしょ？

「いえ……」

「まあ、しばらくはここで療養してゆっくり考えろ。まだ体がだるいのではないか？」

私はコクンとうなずいてもう一度布団の中に戻った。

しびれる感じも熱っぽさもないが、体が鉛のように重い。

「あの……。祖母の料理を食べたことがあると言っていましたよね？」

墓苑で彼はそう口にしたはずだ。

「あぁ」

「もしかして、私がいたから桜庵に来ていたんですか？　私、お客さんだった白蓮さんの記憶がなくて……」

「桜庵の料理がうまくて、うつしよに行くたびに通っていたんだ。優しい味だった」

祖母の料理を気に入っていたからだけ？

「とにかく、今は体を回復するのが最優先だ。寝つくまでここにいてやるから、目を閉じて」

勘介くんの『白蓮さまは彩葉さまをお助けになったのです』という発言も引っかかっていて尋ねたのだが、なんだか濁されてしまった。

言いたくないことがあるのかな……。

目を閉じろと言われても、いろいろ衝撃すぎて眠れそうにない。

「脳が沸騰中か？」

「そうですね。なにから考えたらいいのかわかりません」

彼から聞いた話がすべて真実なのか判断する材料もない。前世なるものがあることも、人間があやかしに嫁ぐことも信じられない。

そもそも、ここがかくりよだということも定かではなく、ひとつ疑いだしたらすべてが嘘に思えるのだ。

もっと順序だてていろいろ理解したいのに、頭が痛くなってきた。

「どうした？　つらいか？」

ほんの一瞬顔をしかめただけなのに、彼は身を乗り出してきて過保護なほどの心配を見せる。

「頭がちょっと痛くて」

「勘介」

彼が廊下の向こうに呼びかけると、バタバタと足音がして勘介くんが顔を出した。

「鬼童丸に独活をもらってこい」

「かしこまりました」

勘介くんは指示を受けてブーメランのように戻っていった。

「独活？」

「痛みに効く薬だ。ウドの根茎を乾燥させて粉末にしたものになる」

そのアヤシイ薬を飲めと？　しかも鬼童丸って誰？

「治ってきました。大丈夫です」

「勘介みたいなことを言うな。あいつはいつも薬を飲むのが嫌でそうやって逃げる」

飲むのが嫌だと気づかれている？

「本当です。もう大丈夫ですから」

「なるほどな。もう幼い子供でもないのに苦いものを飲みたくないのか。勘介でも我慢して飲むというのになぁ」

「なっ……」

　こんな言い方をされたら、飲まざるを得ないでしょう？

「わ、わかりました」

　ウドならば体に悪いということはないだろう。私は覚悟を決めた。

　勘介くんはすぐに戻ってきて、薬包に包まれた薬と水を白蓮さんに手渡す。

「彩葉さま、これを飲まれるんですね」

　なぜか泣きだしそうな顔をしているのが不思議だ。

「そうみたいだけど、その彩葉さまっていうのはちょっと……。せめて彩葉さんでどうかな？」

〝さま〟をつけられて呼ばれたことがないので、どうにも慣れない。そんな立派な人間でもないし。

「それは無理です。彩葉さま、ものすごーく苦いから頑張ってください」

　早々に私のお願いを却下した勘介くんが、思いきり眉根を寄せている。

「だから勘介。お前は思ったことをなんでもかんでも口にするなと言っているだろう。彩葉の顔が青ざめているじゃないか」

「大丈夫ですよ。僕も三回くらいしか吐き出してないですから」

勘介くん、それも余計なことだと思うの。

それほど強烈な苦さだということか。頭が痛いなんて言わなければよかったと、かなり後悔していた。

「まあ、勘介が飲んだのだから、当然飲めるよな？」

白蓮さんは優しいと思っていたのに意外と容赦ない。

勘介くんの前で飲めないとは言えず、薬を受け取って一気にのどに送る。

うわ、まずい……。

吐き出すほどではないが、口の中に苦みが広がり、水を飲み干してしまった。

「彩葉さま、すごい！」

吐くことなく飲み込んだからか、勘介くんが拍手までくれる。

そのとき、彼の着物の袖から見覚えのある箱が転げ落ちたことに気づいた。

「勘介くん、それ……」

「あっ、忘れてました。鬼童丸さまがうつしよの薬もあるから、白蓮さまにお渡しするようにと」

彼がようやく白蓮さんに手渡したのは、私がよく行く薬局で売っている鎮痛剤だ。

しかも粉ではなく錠剤の。

それがあるなら、それでよかったでしょ？

「嘘……」

軽くショックを受けて頭を抱える。

「彩葉さま、調子がお悪いのですか？」

「大丈夫。でも次はそっちのお薬をください」

勘介くんが意地悪をしたわけではないことはわかっているので責められなかった。

きょとんとしてうなずいた彼が部屋から出ていくと、白蓮さんが肩を震わせているのに気づいた。

「人間の薬は苦くないらしいな」

「知っていたんですか？」

「聞きかじったことはあるが、あやかしは飲まないのだ。珍しいものだからと誰かがうつしよで手に入れてきたのだろう。あることも知らなかった」

それなら仕方がないのかな。いや、まだ口の中に残る苦みを思えば仕方ないで済ませるのも腑に落ちないが、飲んでしまったものはどうしようもない。

「ほら、休め。独活はなかなか効くぞ」

「良薬は口に苦し、ですか……」

「なんだ、それ？」

「よく効く薬ほど苦いということわざです」

意味を伝えると、彼は口元を緩め「よく言ったものだ」と感心している。

鈍い頭痛が続いていて座っているのも疲れてきたので、私はもう一度布団に潜った。

「鬼童丸さんというのは？」

「あぁ、鬼のあやかしだ。そのうち紹介する。目を閉じて」

彼は大きな手を伸ばしてきて、私の目の上をなでるようにして閉じさせる。

「今は体を休めることだけ考えるんだ。安心しろ。ずっとそばにいてやる」

そばにいられるほうが緊張すると思ったのに、やはり体はくたくただったのか、私はいつの間にか眠りに落ちていた。


次に目覚めたときには、すっかり頭痛は治っていた。独活って本当に効くのかも。

でも、もう一度飲む勇気はない。

窓のほうに気配を感じて視線を移すと、白蓮さんがいた。

ずっといてくれたの？

「気分はどうだ？」

私に近づいてきて腰を下ろした彼は、顔を覗き込んでくる。

「頭痛は治まりました」

そう答えると彼が不意に私の首筋に触れるので、体がビクッと震えた。

「熱もないようだ」

彼に邪な気持ちがないことはわかっているが、男性に触れられることに慣れていないので、いちいち心臓がバクバクと音を立てる。

「なにか食べられそうか？　作るように言ってあるのだが」

「はい」

私がかくりよに来てからどれくらい経ったのだろう。寝ていただけなのに、お腹はかなり空いている。

「勘介」

「はいーっ」

彼が勘介くんを呼ぶとバタバタと足音がして走り込んできた。

「飯はどうなってる？　そろそろ昼だぞ」

「あー、和花が焦がしてしまって、作り直しを……」

ふぅ、とあきれたようなため息をつく白蓮さんは「これだから」とぶつくさつぶやいている。

どうやら和花さんというあやかしが別にいるようだ。

「なにを作ってくれてたの？」

私が口を挟むと、勘介くんはキラキラした笑顔で自慢げに「ご飯です！」と答える。

「ご飯って、白いご飯のこと？　それともおかずも含めた総称？」

「はいっ。おかずはこれからです」

ご飯を炊くのを失敗したということ？

「ここには彩葉のような料理上手はいないんだ。毎日この調子だ」

白蓮さんの発言に目が飛び出しそうになった。

毎日？

「私、作りましょうか？」

頭痛が治まったからか、体のだるさもすっかり抜けている。

「でも、まだ病み上がりじゃないか」

「動いていたほうが元気になれそうです。ずっと寝ていると気持ちも上がらないので」

「本当か！　助かる！」

膝をパンと叩いた白蓮さんの笑顔が今までで一番まぶしく感じた。

浴衣を着替えようとしたものの、どうやら私の制服はところどころ破れてしまっているようだ。

この浴衣は誰が着替えさせてくれたのだろう。まさか、白蓮さん？　口移しで解毒薬を飲ませたくらいだから、なにも気にせずそうしたことまでしてしまいそう。でも、さすがにちょっと……。

　制服の代わりにと、紅梅色の着物を勘介くんが持ってきてくれた。

「ありがとう。素敵な着物ね」

「白蓮さまが彩葉さまにはこれがいいとお選びになったのです」

「そう……」

　こうしたピンク系の服を選んだことがない私は少しためらった。というのも、こんなかわいらしい色が似合うとは思えなかったからだ。

　けれど、せっかく選んでくれたのだから袖を通すべきだろうな。

「ねぇ、この浴衣に着替えさせてくれたのは、もしかして……」

「和花ですよ。白蓮さまが和花にそう」

　はぁ、よかった。白蓮さんも少しはデリカシーというものを持っているようだ。

「和花さんにお礼を言わなくちゃ」

「台所にいますから、着替えられたら一緒に行きましょう」

「うん」

　似合わないと決めつけていた紅梅色の着物だったが、いざ身にまとい、用意してもらった鏡で確認してみると、華やかな色にテンションが上がる。

「なんだ。結構似合ってる？」

なんて小声で自分を褒めたりして。

「そうだな、似合ってるぞ」

「ちょっ……。勝手に入ってこないでください！」

誰にも聞かれていないと思ったのに、突然入ってきた白蓮さんが同意するので照れくさくてたまらない。

「いつからいたんですか？　まさか、着替えを覗いてないですよね」

「覗きの趣味はない。そんな姑息なまねをするくらいなら、堂々と見る」

「はぁっ？」

実に男らしい発言のようだが、後半が明らかにおかしい。しかしすこぶる真面目な顔で、冗談を言っているようにも見えない。

やっぱりデリカシーが欠けている？

ときどき彼がわからない。

「かくりよといっても、今までの生活とさほど変わらないはずだ。うつしよにあるものはほとんどそろっている」

「調味料も？」

食事を作るなんて大口を叩いたあとで、私が作れるのは人間の食べ物であってあやかしのものではないと気づいた。醤油や砂糖などの調味料をさすがに自分で作ることはできない。

「あぁ。人間の食うものはうまいからな。いつからかほとんど同じようなものをとるようになった。ちなみに俺は揚げ出し豆腐とチキン南蛮が好きだ」

渋い和服姿の、しかも妖狐の彼の口からチキン南蛮という言葉が出てくるとは驚きだ。

「そう、ですか。材料があればお作りします」

チキン南蛮は桜庵の裏メニュー。和風だしをきかせた甘酢に、ネギの入ったタルタルソースが特徴で、常連さんにせがまれると祖母が作っていた。

「おそらく、彩葉の家にあるものくらいはそろっているはずだ。定期的にうつしよに買い出しに行かせているから、同じものが」

「買い出し？」

それじゃあ、スーパーであやかしとすれ違っているかもしれないということ？

「俺たちは普段人形を取っているから、見た目は人間と変わらない」

「そうなんですか」

とはいえ、彼は人間の中でも一流の容姿を持っていると思う。

でもよかった。神社で見たひとつ目のようなあやかしが周りをうろうろしていたら、部屋から出るのも恐ろしい。

「お金はどうしているんですか？」

　人間界で買い物をするにはお金がいるでしょ？

「あやかしにも多才なヤツがいてな。歌のうまいあやかしは、うつしよでアイドルというものをしていて、金を稼いでいる。たしか……川下友久（かわしたともひさ）とか言ったはず――」

「えーっ！」

　川下友久といえば、女子高生に一番人気の国民的アイドルだ。彼があやかしだったの？

「なんだ、知っているのか」

「もちろんですよ。あの切れ長の目に見つめられたら、もう……キュンとしちゃいます」

　彼の顔を思い浮かべて言うと、白蓮さんの表情が険しくなる。

「へぇー、俺よりあいつが好きだってことか」

　あれっ、怒ってる？　いや、これはもしかして妬（や）いているの？

　アイドルは目の保養であって、決して身近な存在ではないのに。

「好きっていうか……。そうそう、女子高生なら皆好きなんです！」

　私だけじゃないのよ？という気持ちを込めておいたが、不機嫌顔が直らない彼に伝わったかどうかは不明だ。

「まあ、いい。そういうあやかしたちが、うつしよの金を稼いでくれるんだ」

まさか、あやかしの世界にまで人間のお金が流通しているとは。

「かくりよでも、私たちと同じ紙幣を使っているんですね」

「いや、それは違う。あくまでうつしよで買い物をするときだけだ。陽の世では、それぞれが得意なことを提供することで生活を成り立たせている。着物を縫うのが得意なあやかしはそれを作る代わりに、食べ物をもらうというような。変わったところでは、口上手なあやかしが笑いを提供することもある」

芸人さんと同じか。得意なことを生かして生活できるのは素敵なことかも。

「かくりよもおもしろそうですね」と発言してから、うかつなことを口走ったと後悔した。おもしろそうではあるが、ここで暮らしたいという意味に取られては困る。

「俺にただ守られるのが気に食わないのなら、彩葉はここで飯を提供しろ。そうすれば肩身の狭い思いをしなくても済む」

なるほど。

桜庵を再開しようかと迷っていたが、また料理ができるのはうれしい。ただ、やはりここがかくりよというのが……。

「細かいことは勘介に聞け。あいつに身の回りの世話をさせる。勘介！」

「ただいま！」

パタパタとかわいらしい足音が響き、走ってくるのがわかる。

「台所に彩葉を案内してくれ。和花にも紹介しろ」

「承知しました」

白蓮さんと別れた私は、初めて和室の外に出た。

建物は明治時代を思わせるような趣があり古ぼけてはいるが、手入れも掃除も行き届いている。廊下の窓からふと外を見ると、遠くの山々が見渡せる。まるで空の上に立っているみたいだ。

私は窓に近づいて、景色をよく観察した。

「街がある……」

どうやらここは小高い丘の上に建っていて、眼下には街らしきものが広がっている。

「あちらは陽の世で一番にぎわっている街です。あそこに行くといろいろなものが手に入りますが、彩葉さまをしばらく外には出さないようにと言われておりますので」

行ってみることも叶わないのか。まあ、黒爛に襲われたばかりなので、外に出たいとは思えないのでいいのだけれど。

「こっちは？」

ここから少し下りたところにも大きな建物がある。

「あそこは白蓮さまの臣下が寝泊まりしています別館です。白蓮さまに忠誠を誓い、陽の世を守っているあやかしたちです。白蓮さまのひと言で動きます」

「へぇー」

白蓮さんって本当にすごいあやかしなんだ。

「忠誠を誓うってすごいのね」

うつしよでも、戦国時代のような昔にはあったかもしれないが、現代ではなかなかない。

「どのあやかしも、白蓮さまに恩があるのです。自身や家族を助けられたというような」

「そう……」

あやかしにも恩という概念があるんだ。

空を見上げると太陽が南中している。そろそろ昼だと言っていたが、何時なのだろう。そもそも時間の感覚があるのかどうかもわからないけれど。

陽の世は『天照大御神を祭神とする』と聞いたが、まさか一日中太陽が出ているということはないよね……。

「今、何時なのかな?」

「もうお昼ご飯の時間ですね。お腹が空きましたから」

もしかして腹時計？

「時計はないの？」

「うつしよに遊びに行く者がときどき買って帰りますが、必要ないです。うつしよのように時間に追われることもあまりないので、お腹が空けば食べて、眠くなったら寝ればいいのです」

なかなか理想的で健康的な生活のような気もするが、時計がない生活なんてできるかしら。

「太陽は、沈む？」

「はい。うつしよと同じ夜はあります。ただ、月は出ません」

月は月の世のものだからかな。

「なるほど……」

少しずつ異なることはあるものの、びっくりするような生活習慣の違いは今のところは見当たらない。

それにしてもこの廊下、かなり長い。

「ねぇ。この家、すごく大きいの？」

「ここは、宿屋なんですよ。こちらは母屋になりまして、白蓮さまの住居です。もっと先に行くと宿があります」

「宿屋？」

白蓮さんの家だけではないらしく、驚いた。

「はい。白蓮さまは、なにかに困ったり傷ついたりしたあやかしや、身寄りのない子供のあやかしなどを引き取られて、ひとり立ちできるまでこちらに住まわせているのです」

「へー」

面倒見がいいんだ、彼。

もしかしてそういうあやかしたちが臣下となり、先ほどの建物に集まっているのかもしれない。

「勘介くんはなんのあやかし？」

「僕は波小僧(なみこぞう)です」

「波小僧？」

聞いたことがない。

「はい。本来は海に住み、漁師たちに雨や嵐を伝えるのが仕事でした。でも、漁師の乗った船に、こうガツーンと」

「ん？」

勘介くんが握った両手を体の前でぶつける。

「ガツーンって、まさかぶつかったの？」

「えへへ。そんなところです。で、海は嫌になってこちらに」

結構おっちょこちょいなのかしら。でも、船にぶつかって無事なのがすごい。

「そう……」

あまりいい思い出ではなさそうなので、それ以上つっこむのはやめておこう。

「和花さんは？」

「和花は化け猫です。猫として生まれてきたのですが人間に虐待されて、化け猫に。で、私がここに来るずっと前に、悪さばかりしていたところを白蓮さまに拾われたそうでこちらで働いているのですが、なにせ不器用で」

船にぶつかる勘介くんも大きなことは言えない気がしたが、これまた黙っておいた。

「そう。それじゃあ人間は嫌いかしら？」

「最初はそうだったと。でも、彩葉さま——あっ、以前のですが——が本当にお優しくて。一緒に料理を作っているうちに、いい人間がいることも知ったと言っていましたよ。でも、残念ながら料理の腕は上達しませんでした」

「私、が……」

まったく記憶はないけれど、前世の私は優しかったようだ。

廊下を歩いていくと左手に階段がある。

「二階があるのね？」

「僕や和花、あとは鬼童丸さまの部屋が二階にあります。以前、彩葉さまがいらっしゃったときは『二階は新婚さんの部屋だからむやみに入るな！』と鬼童丸さまに大目玉を食らいまして……」

「あはっ」

覚えていないとはいえ、そんなふうに言われると照れくさい。

でも、その新婚時代に私は死んでしまったのか……。

自分の死についてはいくら考えても理解しがたいが、残された旦那さまである白蓮さんのことを考えると胸が痛い。

「そういえば、鬼童丸さまって？」

「白蓮さまの右腕となるお方です。そのうち会われるのでは？」

右腕ということは、強いあやかしなのだろう。

階段を通り過ぎると右手に玄関の大広間が見えてくる。さらに進むと大きな扉があり、いったん屋根付きの外廊下を通って、別の建物に入った。

こちらにももうひとつ玄関がある。うつしよで言えば二世帯住宅のようだ。

「ここからが宿屋になります。台所はすぐそこです」

ここまでもそこそこ距離があったので、母屋そのものも大きいらしい。

勘介くんに従い左に進むと、なにやら焦げた匂いがしてくる。

「あー、もう！　また焦げた」

甲高い声は和花さんだろうか。

開いていた扉から、大量のおこげを捨てようとしているところが見えて飛び出した。

「待った！」

「はっ⁉」

私の大きな声に驚いた和花さんは、私より少し背が低い。かわいらしい印象の女性のあやかしだった。肩のあたりで切りそろえられたつやつやの髪を持つ彼女は、本紫色の着物がよく似合っている。

「使えるから捨てないで」

きょとんとしている彼女のところに勘介くんが歩み寄っていくが、彼女の視線は私にくぎづけだ。

「彩葉さま、お目覚めになったんですね！」

「はい。着替えさせてくれたそうで、ありがとうございます」

「とんでもありません。またお話できるとは。あぁ、胸が苦しいほどうれしいです」

頬を上気させて喜びをあらわにしてもらえるのはありがたいけれど、前世を覚えていない私にはピンとこない。

「あ……ごめんなさい。私、記憶がなくて」

「そんなことはいいんです。もう、私なんて胸がドクンドクンと反応しています。白蓮さまはなおさらだったでしょうね。白蓮さま、正気？」

彼女は勘介くんに尋ねている。

「さあ。でも彩葉さまがこちらにいらっしゃってからは、そわそわして落ち着きがないと鬼童丸さまが」

白蓮さんがそわそわ？　そんなふうには見えなかったけど……。

「それより彩葉さま、捨ててはいけないとはどういうことです？」

和花さんは大皿に盛られたおこげをいったん大きな調理台に戻し、首をひねっている。

「あんかけにしましょう。おこげが食べたくて、わざと作る人もいるんですよ。捨てるなんてもったいないです」

白蓮さんはうつしよにあるものは大体そろっていると言っていたが、調理器具は別のようだ。大きなかまどには釜が設置されていて、薪がくべられている。あれでご飯を炊いたのだろう。

電気がないのか……。

そういえば、さっきの部屋には行灯らしきものはあったけど、電気の照明器具のようなものはなかった。

「あんかけとは？」

「お野菜、なにがある？」

「こちらです」

和花さんが大きな木箱を指さすので覗くと、新鮮な野菜がわんさか入っている。

「うわー、大きな白菜。小松菜もいいわよね」

私はあんかけに使えそうな野菜をいくつかチョイスして取り出し、調理台に置いた。

「お肉もある？」

「それはこちらに」

今度は別の箱。

これは桜庵の冷蔵庫より充実しているかも。でも、冷蔵庫でもないのにひんやりとしているのはどうしてだろう。

「これ、冷たいね」

「あぁ、それは雪那（ゆきな）さんの仕事で……」

「雪那さん？」

また新しい名前が出てきて首をかしげる。

「宿のほうに住んでいる雪女の雪那さんです。雪那さんがひと吹きすると、三日は冷たさが保てます。白蓮さまより年上で、この宿の長老のような……痛っ」

　意気揚々と説明を始めた勘介くんの頭に、鉄拳が降ってきた。

「長老って失礼ね。そんな歳じゃないわよ！　大体、軽々しく女の歳に触れるんじゃないよ」

　色白の背の高い女性は、おそらくその雪那さんだろう。腰まである長い髪が印象的で、口元のほくろがなんとも艶っぽい。彼女は薄浅葱色の着物をまとっている。

　白蓮さんが何歳なのかは知らないが、雪那さんが特に老けているようにも見えないし、女性としては色っぽくてうらやましいくらいだ。

「白蓮さまを腑抜けにした悪女が戻ってきたと聞いていたけど、あんたね」

「え？」

　いきなりのケンカ腰の発言に顔がゆがむ。

「雪那さんは口が悪くて……い、痛ーっ」

　勘介くんがさらに付け足すと、「この減らず口が」とほっぺを思いきりつねられている。

「あっ、ちょっと……」

　あわてて間に入って止めたが、なんだか豪快な人だ。

「雪那さんは宿の番頭的役割をしているんです。以前、彩葉さまがいらっしゃったときは、たくさんの客を宿泊させていたのですが、今は白蓮さまが気になるあやかしかとどめておらず、宿泊業は休業しているような状態で」

勘介くんの代わりに和花さんが説明してくれた。

「たまったもんじゃないわよ。こっちはそれなりに楽しんで仕事をしていたのに、白蓮さまはあんたがいなくなって宿をたたむとか言いだしたからね」

「それは和花じゃおいしい食事を出せないから……痛っ」

また口を挟んだ勘介くんは、今度は和花さんに頭をゴチッと叩かれている。

勘介くん、しばらく黙っておいたほうがよさそうよ。

「雪那さんは、今はなにを？」

「予約を受け付ける必要もないし、部屋割りもしなくていいから、掃除や洗濯を引き受けているわ。私にできないことはないの」

少々自慢げに話す彼女は、プライドが高いあやかしな気がする。

『できないことはない』と言いきったものの、おそらく料理はできないのだろう。もちろん、そこをつっこむと鉄拳が降ってきそうだから黙っておくけど。

「そうでしたか。よろしくお願いします」

一応丁寧に頭を下げると、彼女は満足そうだ。

「あぁ、あんた。鬼童丸さまに近づいたら、ただじゃおかないから」

「ん？」

いきなりにらまれても意味がわからない。

「雪那さんは鬼童丸さまにぞっこんなんですよ。鬼童丸さまはそうでもない――」

「勘介！」

また口を挟んだ勘介くんに、雪那さんは鬼の形相。雪女ではなく、鬼女の間違いじゃない？というほどの迫力があった。

しかし、〝ぞっこん〟という単語を久しぶりに聞いた。

「わ、わかりましたから。仲良くしましょう。ね？」

どうしてもいらないことを口にしてしまう勘介くんが叱られっぱなしなのが気の毒で、とりあえず間に入った。

なんとか雪那さんをなだめて出ていってもらったところで、改めてお肉の箱を覗き込み、豚バラ肉を選ぶ。

調理場に目を移すと、醤油や砂糖、塩、味噌までそろっている。そして驚いたのは、スーパーでよく見る鶏ガラスープの素や、ケチャップまであることだ。

川下さんが、うつしよのお金を稼いでくれるおかげかしら。

これなら今まで通りの調理ができそうだ。

「さあて。和花さん手伝ってくれる？」

「もちろんです」

和花さんの笑顔が弾けているので、私の気持ちも上昇してくる。

白蓮さんといい彼女といい、〝私〟が戻ってきたことを本気で喜んでいるのが伝わってきた。昔の記憶はないとはいえ、ありがたい。

　私は早速鉄製のフライパンで調理を始めた。きっとこのフライパンもうつしよで手に入れたのだろう。見慣れた形だった。ただ、薪なので火加減だけが難しそうだ。

「和花さん、お野菜を切ってね。勘介くんはお茶を沸かしておいて」

あぁ、私はやっぱり料理が好きだ。

黒爛に襲われて毒にまでやられたという衝撃の経験をしたのに、台所に立つと気持ちが高ぶる。

お肉を炒めることから始めて、隠し味のポン酢を最後に入れて片栗粉でとろみをつけるところまで、十五分足らずで仕上がった。

「はー、いい匂いです」

勘介くんがお腹を押さえて息を吸い込んでいる。

おこげが大量にあったのであんも多めに作ったが、これを何人で分けるのだろう。

「お客さんにも出しているのよね」

「それが……そうしていたのですが、彩葉さまがいらっしゃらなくなってからまともなものが作れなくなり、食事は外から持ってきてもらうように。ただ、白蓮さまはまずくても頑張って作りさえすれば、鬼童丸さまと一緒に顔をしかめながらも食べてくださいます」

和花さんは特にへこんでいる様子もなく、あっけらかんと言う。

このポジティブな感じ、嫌いじゃない。

「あはは……」

食べてあげるのは優しいが、毎日おこげのオンパレードでは笑顔で楽しみながらとまではいかないか。

「そう……。和花さんも勘介くんも食べるよね？」

「はい！」

元気のいい返事は勘介くんだ。

さっきこっそりつまみ食いするのを目撃したが、気に入ってくれたのだろう。

「ね。皆で食べようよ。大皿にドーンと盛って、そこから取り分けるの」

ワイワイガヤガヤと食事を楽しむのは、長い間祖母とふたりきりの生活だった私のちょっとした願望だ。

「いいですね。それでは大広間に机を準備してまいります。勘介、運んでね」

「わかった」

小さな勘介くんに、かなり大きなお皿に盛った料理は重いのではないかと思ったが、彼は難なく片手で持っている。あやかしは力持ちなのかも。

再び母屋に戻ってすぐの大部屋に足を踏み入れると、大きな座卓と座布団が出されていた。こうしたところもうつしよと変わりない。

「和花、何事だ？」

そこに入ってきたのは、白蓮さんほどではないがすらりと背が高く、これまた顔面偏差値の高い男性のあやかしだ。ちょっとやんちゃな感じがする赤髪をしているが、それがよく似合っていて違和感がない。

「鬼童丸さま、お食事ですよ、お食事！」

彼が白蓮さんの右腕なのか……。いや、それより雪那さんの想い人？

たしかにかなりのいい男で、彼女が〝ぞっこん〟なのもうなずける。

和花さんはウキウキしながら箸を並べて返事をしているが、鬼童丸さんは私をじっと見つめたまま動かなくなった。

な、なに？　なんかついてる？

「彩葉さま、こんなに元気になられたんですね。あぁ、よかった……」

どうやら彼は、私がまだ臥(ふ)せっていると思っていたらしい。

「あ、ありがとうございます。ご心配をおかけしました」

私に手をかけたのはあやかしなのに、同じあやかしに元気になったことを感動されるのが不思議な感覚だったが、人間だっていい人もいれば悪人もいる。それと同じだと悟った。

「これでようやく白蓮さまも眠ってくださる」

「眠る？」

「はい。彩葉さまが毒にあたられて意識を失くされてから三日。毎晩片時も離れずに看病なさっていましたからね。いくら九尾とはいえ、睡眠をまったくとらないでは生きてはいけません。いつ倒れるかと冷や冷やしておりました……」

鬼童丸さんの返事に驚嘆した。

三日も臥せっていたとは。せいぜいひと晩かと思っていた。それに、まさか白蓮さんがそこまで献身的に看病してくれたとは知らなかった。

「これは……彩葉さまが作ってくださったのですか？」

おこげのあんかけを見つけた鬼童丸さんの目が輝くので、他にもなにか作ればよかったと後悔したほどだ。

「はい。お口に合うかどうか……」

「合うに決まっています！」

食べる前から断言されて、よほど前世の私の料理がおいしかったか、もしくは日々の料理がちょっと……なのかと思った。

「鬼童丸さま！」

私たちの間に割って入ってきたのは雪那さんだ。さりげなく私の足を踏んだのは、女の嫉妬というやつだろう。

「あぁ、雪那。こちらは彩葉さまだ」

「先ほどお会いしましたわ。仲良くしましょうって話していたんです」

いやいやいや。それは私が提案したのであって、あなたはかなりケンカ腰だったよ？

「それはいい。彩葉さまはまだ慣れていらっしゃらないから頼んだぞ」

「もちろんです。お任せください」

彼女は鬼童丸さんに満面の笑みで返事をしたあと、チラッと私を振り返り、無表情に戻った。

ちょっと、怖いんですけど！　そんなあからさまに敵視しなくても……。鬼童丸さんはたしかにいい男だけど初対面だし、私は別のあやかしから求婚されているのよ？

「皆で食べるとは楽しそうだ。白蓮さまは？」

「さっき障子越しに声をかけたのですが、もしかしたら寝ていらっしゃるのかも」

鬼童丸さんの質問に和花さんが答える。

やはり私のせいで睡眠不足なの？　そうだとしたら申し訳ない。

「白蓮さんのお部屋はどちらですか？　私、呼びに行ってきます」

「先ほど彩葉さまがいらっしゃった部屋のお隣です」

「わかりました。お茶も用意しておいてもらえる？」

和花さんに教えられた私は、お茶のお願いをしてから廊下を戻っていった。

そして、閉じている障子の前に膝をつき、声をかける。

「白蓮さん、お食事ですよ」

しかし返事がない。

「入りますね」

深く眠っているのかもしれないと、一応声をかけてから障子を開ける。すると、部屋の真ん中に敷かれた布団で眠りこくっている白蓮さんを見つけた。

私は布団のそばまで行き正座をした。

肌がすべすべ……。

彼が何歳なのか知らないが、十七歳の私よりずっと張りのある肌をしている。目を閉じているとまつ毛の長さが際立ち、色素の薄い唇はそこはかとなく色気が漂っていて、見ているこちらが照れてしまうほどだ。

「白蓮さん、お食事です」

耳元で囁くように言うと、少し身じろぎしている。

「白蓮さん」

もう一度名前を呼んだところで、彼は目を閉じたまま口を開く。

「彩葉か。もう少し寝かせてくれ」

「キャッ」

白蓮さんは寝ぼけているのか私の腕を強く引くので、彼の体の上に倒れ込んでしまった。

しかも、離れようとしたのにがっちり抱きしめられて動くことすらできない。寝ているというのにすごい力だ。

「ちょっ……」

「彩葉さまー。準備できました」

そのとき、廊下を走ってくる勘介くんの軽快な足音がした。あわててもう一度もがいてみたが離してもらえない。

「彩葉さ……。あっ、失礼しました！」

顔を覗かせた勘介くんがすぐさま目を逸らして戻っていく。

「ち、違うから……」

絶対に抱き合っていると誤解された。いや、抱き合ってはいるけれど、これは不可抗力というもので……。

「彩葉」

しかし、まだ眠っているらしい白蓮さんの口から、そんな切なげな声が漏れたので、心臓が跳ねる。

三百年も毎日毎日、私のことを考えてくれていたのだろうか。

そう思うとなんとも言えない切なさがこみ上げてきて、彼の大きな胸板に頬をくっつけてしばらくじっとしていた。

耳に響いてくるトクトクという規則正しい心拍音が心地よくて、離れがたくなる。

「ん？　なにしてるんだ？　襲いに来たのか？」

「はっ、違います！」

それから三分ほどしてようやく目覚めた彼に突拍子もないことを言われて、すさまじい勢いで離れる。

「お、お食事ができたと伝えに来たんです」

「それで抱きつくとは大胆な……」

「抱きついてません！　白蓮さんが私の腕を引いたんでしょ？」

まるで私から胸に飛び込んだかのようなことを言われ、顔から火が噴きそうなほど恥ずかしい。

「あぁ、そうか。癖で悪いな」

「癖?」

「そうだ。昔のお前は俺の懐が好きでな。毎日同じ布団で抱きしめて眠ったものだ」

あぁ、余計なことを聞かなければよかった。

頭から足の先まで真っ赤に染まっている自信があり部屋を飛び出すと、「あはは」という白蓮さんの笑い声が聞こえてきた。

「なんなの、もう……」

ぶつくさ文句を言いながら大広間に戻れば、全員の視線が突き刺さる。

「もういいんですか?」

「はいっ?」

鬼童丸さんに尋ねられ、すっとんきょうな声が漏れた。

「いえ、白蓮さまとの戯れ(たわむ)は、もういいのかと思いまして」

隣でにこにこしている勘介くんが話してしまったようだ。しかも〝戯れ〟などと言われては、赤面せずにはいられない。

「あれは……」

「続きはあとでだ。飯食うぞ」

言い訳をしようと口を開いたら、ようやくやってきた白蓮さんが、さらに誤解を招くような発言を被せる。

「あとでってなんですか⁉」

「なんだ、待てないのか？」

精いっぱいの反論もあっさりかわされ、しかもどんどん窮地に追い詰められている気さえする。

「おふたりは本当に仲がよろしいんですね」

ちゃっかり鬼童丸さんの隣に座っている雪那さんが妙にご機嫌。ずいぶん感情のわかりやすい雪女だこと。

「あぁっ、これこれ。本当に彩葉さまだ……」

私は困惑ばかりなのに、和花さんになぜか感動されて妙な気持ちになる。

「そうですね。昔のままです」

勘介くんまでが続いた。

ということは、前世の私と白蓮さんもこんな感じだったということ？

からかわれているところを感動されても困るが、妙に皆が感慨深い様子なのでそれ以上反論できなくなった。

鬼童丸さんの隣に白蓮さんが座り、その横に私の席が用意されていた。勘介くんと和花さんは座卓を挟んだ対面に腰を下ろしている。

大男ふたりの横に大人の女がふたり対、小柄な和花さんと勘介くんという若干バランスの悪い配置は、私がここに座るからなのか、雪那さんが無理やり鬼童丸さんの隣に座ったからなのか……。ここは黙っておくほうが無難だろうな。

「皆で食べるなんて感激です！」

勘介くんが弾んだ声をあげる。

「いつもはどうしてるの？」

「お部屋で別々です」

今度は和花さんが教えてくれた。

「こんなことは思いつきもしなかった。なかなかいいものだな。それにしても、いい匂いだ。さあ食べよう」

白蓮さんはこうして皆が集まったことを楽しんでいるようだ。顔がほころんでいる。

大皿のあんかけおこげは、作りすぎたかもしれないと心配していたのにみるみるうちに減っていく。

雪那さんは鬼童丸さんの分だけせっせと大皿からよそい、それを見た鬼童丸さんが苦笑している。それにしても、大胆すぎるアピールにあっぱれだ。

「まさか失敗作がよみがえるとは。彩葉さまはさすがですね。本当にうまい」

その鬼童丸さんが盛んに感心するたび、雪那さんの眉間にシワが寄るのが気になって仕方ない。

褒められるのは大歓迎だが、彼女の前ではほどほどにしてほしい。

「彩葉さま、腕を上げられたのでは？　塩加減も絶妙です」

和花さんも、大男たちに負けず劣らずパクパクと口に運んでいる。

「和花はしょっぱいか味がないかどっちかだもんねぇ。どうして中間がないのかいつも不思議で」

「うるさいな。自分で作ってみなさいよ！」

和花さんが勘介くんに言い返している。

「勘介。和花だって一生懸命作っているんだ。和花。彩葉に料理を教わりなさい。ただお前は覚えが悪いから、何度も繰り返して体に叩き込め」

白蓮さんが和花さんをかばう発言をしている。やっぱり優しい。

「わかりました」

そんな会話が終わった頃には、大皿がすっからかんになった。

「はー、食べすぎました」

「大丈夫？　お腹壊すまで食べたらダメよ？」

勘介くんのお腹が本当にはちきれそうで心配になる。

「うまかったから仕方ないさ」

鬼童丸さんが勘介くんに「な?」と同意を求めると、「はい!」と大きな返事。やはり料理をするのは楽しい。しかも食べて、うまいと言ってもらえたらなおさらだ。

祖母が亡くなってから沈んでばかりだったが、久しぶりに温かいものが心になだれ込んできた。それに、しばらくはなにを食べても味がわからなかったのに、ポン酢のおかげでさっぱりと仕上がっているあんかけおこげの味はしっかり感じられた。

「俺は少し街に行ってくる」

食べ終わったあと立ち上がった白蓮さんは、鬼童丸さんに告げている。

「それでは私も」

「いや、お前は彩葉のそばにいてくれ」

「は？」

あからさまに嫌そうな反応をしたのは、鬼童丸さんではなく雪那さん。

「彩葉の警護は仕事だ。雪那は宿の掃除を頼んだぞ」

白蓮さんが命令を下すと、彼女は「はい」と肩を落としている。

黒爛も怖いけれど、女の嫉妬も相当怖い。

「心配するな。彩葉は俺のものだ」

白蓮さんが雪那さんに向かって堂々と言い放つので、軽く固まった。

だから、そういう発言はやめて！

「彩葉はまだ病み上がりなのだから、片付けは和花と勘介に任せて部屋で休め」

「……はい」

「鬼童丸、あとは頼むぞ」

言いたいことを全部吐き出した白蓮さんは部屋を出ていく。

「丸投げしていった……」

ボソリとつぶやいたのは鬼童丸さんだ。

彼は、白蓮さんの『彩葉は俺のものだ』宣言のおかげで笑顔を取り戻した雪那さんがうれしそうに彼の腕につかまったのを、さりげなく解いていた。

「ということで、雪那は掃除だ。和花と勘介は片付けを。彩葉さまはお部屋までお送りします」

送ってもらわなくてもひとりで行けるよ?と思ったけれど、彼が強い眼力で私を見つめているので、ハッと気づいた。雪那さんから逃げたいのだと。

「そ、それじゃあお願いしようかな……」

そう返事をすると、鬼童丸さんがこっそりと安堵のため息を漏らし、雪那さんは私をギロリとにらんだ。

なんだか私、貧乏くじ引いてない？

とはいえ、鬼童丸さんの顔があまりにも必死で、断ることはできなかった。

ふたりで並んで廊下を歩き始めると、鬼童丸さんが口を開く。

「助かりました」

「雪那さんのお気持ちはわかっているんですよね？」

「そりゃあ……」

ついさっき会ったばかりの私がひしひしと感じているのだから、わからないわけがないか。

「受け入れる気はないということですか？」

「ちょーっと苦手なタイプといいますか……。二百五十年ほど前に初めて気持ちを伝えられてから、何度も断りは入れているんですよ」

「二百五十年も？」

雪那さんはそんなに長くアタックし続けているということ？　見上げた根性だ。

「あまりに押されると逃げたくなりませんか？」

「あ……」

私の脳裏に白蓮さんの顔が浮かんだ。

彼はときどきドキッとするような発言をするが、一応私の拒否は承知しているようで適度な距離を保ってくれている。もしこれが四六時中迫られていたら、ひっぱたいてうつしよに逃げ帰っているだろう。

でも、帰ったら黒爛に襲われるのか。それも困る。

「もしかして、白蓮さまのことを考えてます？」

「いえっ、そうじゃなくて……」と取り繕ったが図星だった。

彼はそれがわかっているのか、ほんのり頬を緩めて別の話を始める。

「突然かくりよで驚いたでしょう？」

「はい。まだよくわかっていません」

白蓮さんや勘介くんに少しずつ話は聞いたものの、まだまだわからないことだらけ。

「私に答えられることであれば、なんなりと」

「鬼童丸さんは以前の私をご存じで？」

「もちろんです。白蓮さまはそれはそれは大切にされていて、片時も離れませんでしたから」

自分で聞いておいてなんだけど、かなり照れくさい。

「黒爛に殺されたと聞きましたが……」

「……そう、ですね。白蓮さまが彩葉さまを娶られてあやかしに敵なしの状態となられ、さまざまなところで勃発していた争い事が治まりました。白蓮さまに刃を向けるのが無謀だと、皆知っていましたからね」

それほど強いとは。

「とはいえ、白蓮さまは自分のことより陽の世のあやかしたちのために動く方ですから、特に反発も起こりませんでした。それに今のように率先して街や村々に足を向け、あやかしたちの不満に自ら耳を傾けられるので、皆慕っているのです」

「ずいぶん行動力のある方なんですね……」

うつしよでは、一番上に立つ人は指示を出すだけの人が多いのに。

「はい。ですがそうするように助言なさったのは彩葉さまなのですよ。上からものを見ていてもなにもわからない。同じ目線に立ってこそ苦しみを理解できると」

「そんなことが……」

前世の私は立派な考えの持ち主だったらしい。

「彩葉さまの助言もあり平穏な日々が訪れましたが、そうすると荒んでいた月の世から多数のあやかしたちが陽の世に移ってくるようになりました。月の世はこちらとは異なり、うつしよのお金のようなものが存在します。黒爛は国中のあやかしから上納させる形をとっておりましたので、あやかしが減るのは困るのです」

黒爛は陽の世を統率する白蓮さんが邪魔で……でも力を増した彼には敵わないので、

まずは私を手にかけてその力を弱めようとしたのか。

「しかも黒爛は、あわよくば陽の世も自分が支配したいと考えていました。というのも、天照大御神のご加護で陽の世は作物が豊富に収穫できるからです。反対に月の世は作物が不足して貧しい暮らしをしている者もいます。それでは上納金もたいして取れないですからね」

なんて身勝手なあやかしなのだろう。

「月の世のあやかしたちが不憫ですね」

「はい。白蓮さまは月の世のあやかしもなんとか救いたいとお考えでしたが、黒爛は逆に陽の世を手に入れたいとばかりで……。それで彩葉さまに目をつけたのです」

他人のテリトリーを侵さなくとも、もっとやりようがある気がするのに、黒爛はできるだけ楽をして大きな成果を得たいタイプのようだ。人間にもそういう人はいっぱいいるし、私もそうかもしれない。ただ、誰かを傷つけてでもなんて思ったことはない。

「ですが、この宿には月の世の者は近づけません。それに彩葉さまがお出かけになるときには必ず白蓮さまが同行されましたので、手出しすることができませんでした。そこで黒爛は、彩葉さまの優しさを利用しました」

彼は唇を噛みしめて悔しそうな表情を見せる。

「私の優しさ？」

「はい。白蓮さまが街に下りられてお離れになっている隙を狙い、西側の窓から見える川に子供のあやかしを……」

彼がそこで言いよどむので、緊張が走る。

もしかして……。

「黒爛は、ひとつの命をなんとも思わない冷酷なあやかしです。子供のあやかしをわざと溺れさせ、悲鳴を聞いてそれを見つけた彩葉さまが飛び出していかれて……」

それ以上は聞かなくてもわかった。前世の私は、なりふりかまわず駆けつけ、そして殺されたのだ。

今でもそんな様子を目撃したら間違いなく同じ行動をとる。

黒爛は姑息で無慈悲なあやかしだとよくわかった。

「申し訳ございません。こんなお話聞きたくなかったですよね」

「いえ、聞かなければ進めません」

なにも覚えていない私は、こうして教えてもらいながら自分の状況を把握するしかないのだ。

「心がお強いのは、以前とお変わりないですね」

「強くなんて……」

私は両親を亡くして〝かわいそうな子〟と思われたくない一心で、そして祖母に心配をかけたくなくて、にこにこ笑っていただけ。心が折れなかったわけじゃない。

そこで部屋の前にたどり着いた。

「そういえば、勘介くんや和花さんはずっとここで働いているのですか？」

「そうですね。もう長いです。ふたりとも心に傷を負っていて白蓮さまが連れてきました。かくりよに住まいがないふたりは、最初は宿の客として過ごしておりましたが、白蓮さまになついてここで働きたいと言うので」

ふたりにとっては助けてくれた恩人なのだろう。

「白蓮さんになつくって……」

彼は優しそうだが、子供になつかれるイメージではないというか。

「白蓮さまはああ見えて意外と子煩悩なのですよ。ですから彩葉さまが幼い頃も――」

鬼童丸さんはそこでハッとした顔をして口を閉ざした。

「私が幼い頃って？」

「あぁっ、えっと……彩葉さまが幼少の頃からご存じで、えー、かわいいを連発されていたんです」

なめらかに語っていたのに、突然しどろもどろになる。

「幼い私をかわいいって、ちょっとヤバい人じゃないですか。あ、ヤバいあやかしか」

犯罪のにおいがぷんぷんする。

「あっ、そういうかわいいじゃなくて。なんと言ったらいいのか……。まずいな、叱られる」

天を仰いで絶望の表情を浮かべる彼は、奥歯にものの挟まった言い方をする。

なにか隠してる？

「とにかく、白蓮さまの愛はそれはそれは深いということだけ覚えておいてください。なにかあればすぐに呼んでください。私はこれで」

鬼童丸さんは一方的に言い残して踵を返していった。

残された私は、ひとりで頬を赤らめる。

本人に愛を囁かれるのもムズムズするが、第三者から告げられても固まるしかない。

「雪那さんといい勝負？」

ふたりとも何百年という単位で恋をしているとは、びっくりだ。

部屋に入ったものの、考えることが多すぎてまずなにをしたらいいのかわからない。

勘介くんに用意してもらった鏡の前に立ち、頬の切り傷と首に残る黒爛の手の跡に触れる。

白蓮さんが助けてくれなければ、今頃私は死んでいた。だから彼には頭が上がらない。けれど、前世の記憶がない私には、関わり合いになりたくなかったという気持ちもくすぶっている。

ただ……彼が、私が危険な目にあうことに心を痛めていることは十分すぎるほど伝わってくる。そして、守ろうとしてくれていることも。だからといって嫁になる気はないし、あやかしばかりのかくりよで生きていくのもはばかられる。

「静かに暮らしたいだけなのに……」

人間の私にとって、うつしよで生きていくことが当たり前であり、かくりよという存在すら知らなかった世界にいることがありえない。

でも……うつしよに私の居場所ってある？

たったひとりの家族だった祖母もいなくなり、大好きな桜庵も閉店したままで再開の見通しがあるわけでもない。

それじゃあ私はどこにいればいいの？

先ほど、私が作ったあんかけおこげをすさまじい勢いで食べてもらえて、皆に『うまい』を連発されて、久しぶりに心が潤った。本当に心地いい時間だった。でも、その相手が全員あやかしで、人間の私がひとり交ざっているという不自然さ。

彼らは前世の私との関わりを覚えているからすんなり受け入れているようだけど、私はまだそこまでの境地に達していない。

私は窓辺に移動して晴れ渡る空を見上げた。

こんなに穏やかなのに、黒爛の陰謀が渦巻いているなんて信じられない。

しかし、動かした目が悠然と流れる川をとらえたとき、背筋に冷たいものが走った。

「あそこで……」

前世の私は命を落としたのだ。

そもそも生まれ変わるということがあることすら半信半疑だったけれど、皆の反応を見ていると、私はたしかに存在したのだと思う。

かくりよで生きていくことを覚悟するほど白蓮さんを愛していたとしたら、『またいつか会いましょう』という最期の言葉を、どんな気持ちでつぶやいたのだろう。

前世の記憶はないはずなのに、そのときの無念が込み上げてくるようで呼吸が乱れる。

黒爛を許せない。

もし白蓮さんがおらず黒爛に陽の世まで領分とされていたら、不幸なあやかしがもっと増えたはずだ。

その彼が私との幸福な時間を糧にして力を増大させていたのなら、協力して陽の世を守るべき？

激しく心が揺れ動き、考えがまとまらなくなった。

必要な罰

日が西に傾いてきたが、白蓮さんはまだ戻っていない。

「夕食の時間ね……」

瞬時に台所にあった材料を頭に思い浮かべて献立を考える。

祖母直伝のふわふわのだし巻きたまごを振る舞ったら、どんな顔をするだろう。

昼食時の皆の笑顔を思い出すと、ムズムズする。

それに……意識を失っている間、心配してくれただろう彼らにお礼もしたい。

そう考えた私は、再び台所に向かった。

「あ……」

すると宿のほうの玄関で、熱心に床を磨いている雪那さんと出くわした。

「どこに行くのよ？」

「えーっと、台所に」

「ふーん。鬼童丸さまはいないわよ」

彼女の頭の中がいつも鬼童丸さんでいっぱいなのがおかしい。

「捜してないから大丈夫。雪那さんって、一途（いちず）で素敵ね」

あまりに敵対視されるので、持ち上げておこうというちょっとした下心だった。

「わかるー？　あんた、結構いいヤツね」

あれっ、意外にちょろい？

「あはは。ありがとう。それじゃあ」

私は雪那さんの機嫌がいいうちにそそくさと立ち去った。

台所では和花さんがちょうど薪に火をつけたところだった。

「彩葉さま、どうされたんです？」

「ご飯を炊くのね？」

「はい。これがうまくいかなくて……」

私はかまどを覗き込んで口を開く。

「最初は強火気味がいいの。薪をもう少し追加してみて」

桜庵では土鍋でご飯を炊くこともあったので、火加減についての知識も多少あるのだ。

助言すると、和花さんは「いつも弱火でした」とその通りにしている。

「中からポコッポコッという沸騰する音が聞こえてきたら吹きこぼれないように薪を減らして弱火にしてね」

「わかりました！」

彼女はなんだか楽しそう。

「私も料理を作ってもいいかしら」

「もちろん！　またおいしい食事がいただけるんですね。あ……。でも、白蓮さまが休むようにとおっしゃっていましたよね」

「もうずいぶん調子がいいの。私にもなにかさせて。あっ、そうだ。宿にはお客さんはどれくらいいるの？」

「今いるあやかしは六ですね。かくりよが穏やかだと少ないんですよ」

和花さんは即座に返す。

勘介くんが、白蓮さんは傷ついたあやかしや身寄りのない子供のあやかしなどを引き取っていると言っていたが、平和だとそういう事例自体が少ないのだろう。

「昔は宿をしていたのよね。そのときもこの人数で働いていたの？」

「いえ。他に庭番の吾郎（ごろう）さんとか、風呂掃除の栄（さかえ）さんとか。あとは台所を手伝っていた大食いの操（みさお）さんもいました。宿をたたんで仕事がなくなったので、皆出ていったんですけどね」

「そう……」

昔はそこそこにぎやかだったようだ。

「その操さんは、料理はしなかったの？」

私がいなくなって料理が提供できなくなったと言っていたけど。

「操さんは野槌（のづち）という大食いのあやかしで、本来食べる専門なんです。でも、かくりよでは仕事をしないと食事にもありつけませんからね。好きな食べ物の近くで働きたいと訪ねてきたらしいのですが、料理はなにもできなくて」

「できないのに台所志望ってすごいのね」

「それだけ食べ物に執着があったんですよ。それで白蓮さまが他をあたるように話されたのですが、大食らいの野槌は働き以上の食料を食べつくすので大変だと嫌厭（けんえん）されるらしくてかなり落ち込んで……」

いろいろ事情があるのね。

「それで、彩葉さまが仕事が見つからないとかわいそうだと言って引きとめられて。皿洗いとか配膳とか調理外の仕事をしてもらうことになったのです」

私が引きとめたのか。前世の私はなかなか気が利いたらしい。

「そうだったの」

「はい。この宿で働くと箔（はく）がつくというか……。やはり白蓮さまの近くで働けるというのは名誉なことで、宿をたたんだあとの仕事探しはすんなりいったはずですよ」

白蓮さんのすごさというのがいまいちわかっていないけれど、こうした話の端々でそれを感じる。

「そっか……」

人間界のようなしがらみがかくりよにもあることを知り、生きていくのは簡単じゃないと妙に納得したりして。

「ねぇ。今晩、宿の人たちのお食事も一緒に作ってもいいかな？」

外から持ってきてもらっていると聞いたが、温かいものを提供できるほうがいい。

たしか陽の世は、それぞれ得意なことを提供し合って生活を成り立たせていると聞いた。こちらで生きていく覚悟なんてないけれど、素敵なシステムだと思い参加したくなったのだ。

白蓮さんも『ただ守られるのが気に食わないのなら、彩葉はここで飯を提供しろ』と言っていたし。

「それは皆喜びますよ！　外部への注文を止めてまいりますね。材料はなんなりとお使いください」

和花さんは軽い足取りで台所を出ていった。

料理を作るという行為が喜ばれていることに胸が熱くなる。

「よし。今日は得意料理からね」

私は気合を入れてジャガイモに手を伸ばした。

献立は、だし巻きたまごに、桜庵でも人気だった肉じゃが、白蓮さんが好きだと言っていた揚げ出し豆腐、そして車麩の照り焼き。

祖母に教わった通り、作っていく。

中でも車麩の照り焼きは他の店にはなかなかないメニューで、だし巻きたまごとともに常連客のほとんどが注文する一品。

車麩を水で戻したあと、だし汁、醤油、砂糖、みりん、しょうがの入ったつけ汁につけて絞り、片栗粉をまぶしたあと少し焦げ目がつくくらいに焼くのだ。

これがご飯によく合って食が進むと評判だった。

「彩葉さま、いい匂い！」

どこからともなく現れたのは勘介くん。

「ありがとう。茶色いものばかりだけど……」

学校では、曲げわっぱの弁当箱に入った煮物の類ばかりの地味なおかずで、肩身が狭かったこともあった。それを思い出して声が小さくなる。

「もう、お腹がくっつきそうです」

しかし彼はまったく気にする様子もなく、先にできた車麩を覗き込んでいる。

「つまみ食いする？」

「する！」

大きな声で即答する彼は、目を輝かせている。

「うんまー」

つまみ食いと言いつつ大きな車麩を口いっぱいに頬張って、体を揺らしながら満面の笑み。

「あー、勘介食べた！」

そこに絶妙のタイミングで和花さんが戻ってきて、口をとがらせている。

「和花さんもつまみ食いどうぞ」

勧めると、勘介くんと同じく大きなものを選んで口に運んだ。

「おいしー」

どうやらふたりには気に入ってもらえたようだ。

自分の作ったものをこうして笑顔で食べてもらえるって、最高の気分だ。それに天国に旅立った祖母のことも褒められている気がした。

「勘介くんは宿の人たちのお皿を出してね。私たちはまた大皿でいいかな」

本当は全員でワイワイガヤガヤ言いながら食べたら楽しそうだが、お客さんにまでそんなことを押しつけられない。

「和花さんは肉じゃがを盛ってくれる？」

祖母が教えてくれた肉じゃがは、バターが隠し味。最後に加えると、ぐんとコクが出ておいしくなる。

品数も多く、しかも大量にこしらえたので昼よりずっと時間はかかったが、なかなかうまくできたと思う。

「おぉ、すごいな」

そこに鬼童丸さんがやってきた。

「和花に聞いて、宿の客には温かい料理を提供すると伝えてあります。運ぶのを手伝いましょう」

私たちは一人前ずつお盆にのせて、厨房を出た。

すると、目の前に立ちふさがったのは雪那さんだ。鬼童丸さんと肩を並べて歩く私を、穴が開きそうなほどの強い眼力で見つめている。いや、にらんでいる。

さっき、和解しなかったっけ？

「鬼童丸さま、お手伝いしますわ。彩葉さまは勘介たちとどうぞ」

無理やり私たちの間に体を割り込ませてきた彼女は、私の手からスッとお盆を持っていく。

「彩葉さまと一緒に運ぶようにと白蓮さまからのご指示だ。雪那は勘介たちの面倒を見てくれると助かる」

鬼童丸さんの発言にガクンと肩を落とした雪那さんだったが、「面倒を見るくらいお安い御用ですわ」と引きつった笑みを浮かべて、勘介くんたちを連れて廊下を歩いていった。

　私は仕方なく鬼童丸さんと一緒に再び台所に戻り、もうひとつお盆を引っ張り出した。

「白蓮さんがそんな指示をされたんですか？」

「あー、嘘です。ああでも言わないと納得しないので」

「え……」

　嘘だとバレたら私がいっそう憎まれる。絶対に黙っておかなければ。

「彩葉さまは宿の者に会うのは初めてでしょうから、私が一緒のほうがいいのでは？」

「たしかに」

　どんなあやかしたちがいるのかも聞いていないので不安しかない。だから彼と一緒が助かる。

「そんなに怖いあやかしがいるんですか？」

「まあ、罪を犯した者もいますが、怖いというのはちょっと違います。危害を加えそうなあやかしはいませんし、いたら白蓮さまに一撃でやられているでしょう」

「一撃……」

　一番怖いのは白蓮さんか……。

「私がひとりで行きましょうか？」

「いえっ。行きます」

罪を犯したというのは気になるけれど、鬼童丸さんがついていてくれるし、大丈夫だろう。

宿の廊下は、シーンと静まり返っている。どうやら雪那さんたち三人は、ずっと先まで行ったらしい。

「さて、まずはこの部屋。お食事をお持ちしました」

鬼童丸さんが引き戸の向こうに声をかけると、スーッと開き、色白で折れてしまいそうなほど細い女性が現れた。

なんのあやかしかは不明だが、とりあえず人形なのでホッとする。

「いりません」

しかし、その細い体にはそぐわないような力強さで、ピシャリと戸を閉めてしまった。

あまりに一瞬のことで、目が点になる。

「はー。いつもこの調子だ」

鬼童丸さんが深いため息をついた。

「いつも食べないんですか？」

「一日一食ですね。今朝食べているのであとは拒否です」

私ならお腹が空いて耐えられない。

「小食なあやかしなんですね」

尋ねると、彼は私を目で促して部屋から離れたあと肩をすくめる。

「それがそうではないんですよ。最低限生きていけるだけの食べ物を口にしている感じです。私たちにささやかな抵抗をしながら、待っているのでしょうけど――」

「待っているって？」

彼が気になることを口にしたので話を遮った。

「好きな男をです」

「好きな？　そんな人がいるなら、自分から会いに行けばいいですよね？」

「いろいろと複雑な理由がありまして。実は罪を犯したのは彼女です。ですから軟禁に近い状態ではあるのですが、白蓮さまはそういうおつもりではなく彼女を守っ――」

「鬼童丸さま！」

話の途中で雪那さんが駆け寄ってきたので、最後まで聞きそびれてしまった。

「彩葉さま。あちらは終わりましたからあとはお任せください。行きましょう」

「あはは……」

再び私からお盆を取り上げた彼女は、今度は有無を言わせず鬼童丸さんを連れ去った。

「どういうこと？」

彼女はなんの罪を犯したのだろう。そして、複雑な理由って？

「彩葉さま、お腹空きました」

お腹を押さえて空腹をアピールする勘介くんと和花さんが戻ってきたため、ふたりと合流して台所に戻った。

「皆さん、温かくてうれしいと喜んでいました」

和花さんが笑顔で語るので、私も気分がいい。

「僕たちも早くぅ！」

グルルルと大きなお腹の音を鳴らしている勘介くんは、待ちきれない様子だ。

「白蓮さんは帰ってきたのかしら？」

「帰ってこられたと鬼童丸さまがおっしゃっていましたので、今はお部屋かと」

和花さんの返答にうなずく。

「それじゃあ、勘介くん。声をかけてきて」

おかずをお盆にのせながらお願いしたのに、勘介くんは首をかしげるだけで動かない。

どうしたの？

「白蓮さまは彩葉さまをお待ちでは？」

「えっ？」

「ギューッとしたいと思います」

ん!!

それはもしかして、寝ぼけた白蓮さんに抱きしめられたことを言っているの？

「ま、待ってないから」

「そんなことは白蓮さまにお聞きしなければわかりませんよ。僕、聞いてきます！」

「あっ、待って……。嘘……」

止めようとしたのに彼はすっ飛んでいってしまった。

ちょうど戻ってきた鬼童丸さんが小さく肩を揺らして笑いを噛み殺している。

白蓮さんが勘介くんのことを『悪気はないのだが素直すぎて』と言っていたが、思ったら即行動なのだろう。

でも悪気はないのに怒れないし……。

「間違いなくギューッとしたいでしょうね」

茶碗を出すのを手伝い始めた鬼童丸さんまでが茶化してくる。

「し、知りません！」

「仲がよろしくて、うらやましいですわ」

鬼童丸さんにぴったりと寄り添う雪那さんにまでそう言われてしまった。彼女の場合は〝目障りだから白蓮さんと早くくっつけ！〟という念がこもっているのをひしひしと感じるけれど。

どちらにしても恥ずかしすぎて、穴があったら入りたい気分だ。

全部、寝ぼけて抱きしめた白蓮さんが悪い。それだけは間違いない。

耳まで熱くなるのを感じながら黙々と準備を進めていると、バタバタと勘介くんが戻ってきた。

「彩葉さま、白蓮さまがお呼びです！」

「行かないわよ」

「どうしてですか？　呼んでこなかったと僕が怒られます……」

思いきり眉を寄せて泣きそうな勘介くんは、人間界で言うなれば〝天然〟なのだろう。

「わかったから、泣かないでよ？」

私は観念して白蓮さんの部屋へと向かった。

「白蓮さん、お食事です」

廊下に膝をついて障子越しに声をかけると「入ってこい」との返事。

「失礼します」

仕方なく障子を開けて足を踏み入れ、正座した。

部屋の片隅にある机の前に座っている彼は、私を見てふと端正な表情を崩した。

「抱きつきたいらしいな」

「は？」

勘介くん、なんと伝えたの？

白蓮さんはニヤリと意地悪く笑い「好きなだけどうぞ」と両手を広げているが、私は頭が飛んでいきそうなほどブンブン首を横に振った。

「ほほー。勘介は嘘をついたのか。お仕置きをしなければ」

「違いますよ！」

お仕置きなんて言い始めるので焦る。

「それなら抱きつきたいのだな？」

「それも違う！」

大きな声で全否定したが、少し乱れた着物の襟元から見える鎖骨が視界に入り、不自然に顔を背けた。

抱きつきたいなんて言うから、彼の肌の温もりを思い出したじゃない……。

「なんだ。照れなくてもいいんだぞ。でも……元気でいい」

私をじわじわいじめていた彼が、ふと目を細めて言うのでハッとした。

そういえば私、笑ったり怒ったりと忙しい。祖母を亡くした上に黒爛に殺されかけるという壮絶な経験をしたわりには、気持ちが沈んではいない。

「はい。ご心配をおかけしました」

「いや。お前の心配をするのが俺の仕事だ。さて、飯か……」

ようやく腰を上げた彼は、つられて立ち上がった私の背中をそっと押して促した。

私の心配をするのが仕事？

家族がいなくなって天涯孤独だと思っていたけれど、まさかそんなことを言われるとは。心に温かいものが広がっていく。

「宿のあやかしにも作ってくれたそうだな。疲れてはいないか？」

「大丈夫です。料理をするのは楽しくて。あっ、お客さんにかなり細い女性がいましたが……彼女は？」

鬼童丸さんに聞きそびれたので、彼女について尋ねた。

「あぁ、志麻（しま）のことか。彼女は天探女（あめのさぐめ）という鬼のあやかしなのだが、月の世のあやかしにだまされてね。俺に手をかけろと命じられて、この宿に送り込まれたのだ」

手をかけろって……。白蓮さんはかつて彼女に命を狙われたということ？

そんなことがあったのに、彼が平然とした顔で語るのが信じられない。

具体的になにがあったのかは知らないけれど、私たちの世界なら殺人未遂で逮捕されるところだ。しかも同じ屋根の下に住まわせているって、どういう神経の図太さ……いや、寛容な心の持ち主なのだろう。
「どうして平気なんですか？」
「彼女には殺せなかったしね。うすうす黒爛の手下の男にだまされたと気づいている
だろうから、もうなにもしないだろう」
また黒爛だ。
「殺せなかったって、それは結果論ですよね。もしかしたら白蓮さんが死んでいた可
能性だってあるんでしょ？」
ムキになって突っかかると彼は足を止めて私を見つめる。
「黒爛は女ならば俺が油断するかもしれないと考えたらしいが、俺が油断するのはお
前だけなのにな。殺せるわけがあるまい」
今、ものすごく恥ずかしいことを言われたような……。
視線をキョロッと外すとクスッと笑われた。
それじゃあ、彼女が待っているのはその手下のあやかし？　好きな気持ちを利用さ
れたということ？
うつしよにも結婚詐欺の類があるが、それと似ているのかもしれない。
「最低……」
「は？　俺、なにかしたか？」

「違います。その男ですよ。彼女は助けに来るのを待っているんですよね」

尋ねると、彼はうなずく。

「そうだろうな。でも志麻は、助けに来るはずがないことにも気づいているんじゃないか。だまされたという事実と向き合いたくないのだろう」

「それじゃあ、志麻さんから会いに行って決着をつけたら？」

きちんと別れていないから、気持ちを引きずっているような気がする。

「それは許さなかった。のこのこ会いに行ったら志麻の命がない。だからこの宿から出さないようにしている」

「その男に殺されるとでも？」

「そうだ。俺の殺害に失敗したのだからもう用はない。月の世はそういうところだ」

鬼童丸さんが、白蓮さんは彼女を守っていると言っていた理由がわかった。

「はぁ、ムカつく！」

なんなのよ、その男。

思わず本音が出た。

「まったくだ。助けに来るというほんのわずかの可能性にすがっている志麻が不憫だな」

殺されそうになった彼が言うことでもないと思うが、その通り。考えれば考えるほど腹が立つ。

難しい顔をしていると、彼に肩をトンと叩かれた。

「彩葉が悩む必要はない。さて、勘介が腹減ったと叫んでいそうだから、飯にしよう」

「はい」

胸のもやもやは晴れないけれど、とりあえず食事にすることにした。


大皿の料理を囲んでの食事は本当に楽しい。

「和花、もうやめておいたら？」

「勘介が食べたいだけでしょ？」

ふたりはあとふたつになった車麩を取り合いしている。しかし、言い争いをしている間に、鬼童丸さんが口に入れてしまった。

「あーっ！」

和花さんと勘介くんの声が珍しくそろった。

「うるさいことを言ってばかりで食べないからだ」

そしてその隙に、今度は最後のひとつを白蓮さんがパクリ。

「白蓮さま！」

勘介くんが突っかかると、「早い者勝ちだ」と笑っている。

大人げないでしょ、ふたりとも。

でもこの世界で一番強い彼が、車麩ひとつのことでしたり顔をしているのがおかしくて噴き出してしまった。子供のケンカみたいだ。

自分の作った料理をこれほど躍起になって取り合いされるって、なんて幸せなことだろう。

「また作るから」

「明日？」

勘介くんはよほど気に入ったのか、食いついてくる。

「そんなに食べたいなら明日も」

「やった！」

明日もって……。

私、いつまでここにいるのかな……と頭の片隅で考えつつ笑顔を作った。

食事が終わると、雪那さんににらまれながらも鬼童丸さんと一緒に宿に器を下げに行ったが、志麻さんの部屋からは物音ひとつしない。

どう考えてもこのままではよくない。

私は器を片付けてから、再び白蓮さんの部屋に向かった。

「なんだ。抱きつきに来たのか？」

「ですから、誤解です！」

真顔で言われると、冗談に聞こえないからよしてほしい。

しかし話があるとわかっているようで、彼は自分の前の畳をトントンと叩いて私を促した。

「志麻さんのことですが……」

「そんなことだろうと思った」

「どうしてわかったんですか？」

千里眼でも持っているの？

「前世の彩葉もそうだった。他人にお節介を焼くのが好きで、そういうことばかりに心を砕いていたからな」

「お節介、ですか……」

首をつっこむべきでないと言われているのだろうか。

「まあ、皆そういうところに魅かれて、彩葉を慕っていたんだが」

彼がとびきり優しい笑みを浮かべるので、とがめられているわけではないとわかった。

「それで？」

「はい。彼女はこの宿で罰を与えられているのでしょうか？」

「罰？　いや、なにも」

「それでは罰を与えてください」

「は？」

白蓮さんが呆気にとられているが、私は続けた。

「私が今から食べやすいものをこしらえます。彼女に食べなければ許さないという罰を与えてください」

そう伝えると、彼はしばし黙り込む。しかし、頬を緩めて口を開いた。

「お前というヤツは。いいだろう。志麻に罰を与える。食事ができたらまた声をかけに来い」

「ありがとうございます！」

それから三十分。

私はだしのよくきいたうどんを手に、白蓮さんとともに志麻さんの部屋の前にいた。

「志麻、出てこい」

彼が声をかけるとすぐに戸が開き、志麻さんが深く頭を下げる。神妙な面持ちの彼女からは殺気のようなものはまったく感じられず、それどころか少々おどおどしていた。

「お前に罰を与えることにした」

「はい」

険しい顔をする彼女は、心なしか震え始める。

「これから彩葉の作った料理を残すことなく食え。それが罰だ」

「えっ？」

目を大きく開き白蓮さんを見上げる彼女は、驚愕（きょうがく）しているようだ。

「おうどん、嫌いですか？　あまり食べていなかったのでしたら消化がいいものをと思いまして。とろろと卵を入れてみました。どうぞ」

〝月見とろろうどん〟といったところだ。

「いえっ……」

「これは罰だぞ。全部食べろ。彩葉が作った料理の味は保証する」

白蓮さんが話し終えると、私は志麻さんにお盆を手渡した。

彼女は呆然と立ち尽くしている。

「これ、たっぷりのかつお節でとっただしを使っているんですよ。まろやかで私は好きなんですけど……」

祖母から教えられたかつおの一番だしは、簡単なのに旨味（うまみ）がガツンと口の中で広がる。

話しかけてはみるものの、彼女の表情は硬い。

「腹が減っては戦ができぬ！」

唐突に大きな声で言い放ったせいか、志麻さんだけでなく白蓮さんも目を点にしている。

「――と、うつしよでは言うんです。とりあえずお腹を満たして戦いますよ」

「戦う？」

志麻さんは険しい顔。

「女は、失恋したときこそきれいになるチャンスです。もちろん志麻さんはそのままでもおきれいですけど、さらにきれいになっちゃいましょう。それで、逃した魚は大きかったと後悔させてやるんです」

彼女の場合、失恋というよりだまされたわけだが、彼女がその男を好きだったのなら失恋だと思い、そう口にした。

「魚？」

「あぁ、たとえです。相手の男にあんなにいい女をみすみす手放してしまったと残念がらせるんです。志麻さん、すごくきめの細かい肌をしてますね。お化粧したら映えそう」

日焼け止めくらいしか使わない私が化粧を語るのもなんだけど、化粧映えする顔立ちの気がする。

「でもほら、ちょっと顔色が悪いですよ。とにかく食べて元気になって、それからです。というか罰ですし。はい、食べて」

私は一方的にまくし立てたあと、彼女を部屋へと押し込み、引き戸を閉める。

「あ、早く食べないと伸びてまずくなりますからね」

そして戸越しにそう伝えてから、白蓮さんと一緒に部屋を離れた。

「お前、結構強引なんだな」

「あれっ、引いてます？」

いつもはこんなに強引にはしないけど、志麻さんに関してはこのくらいのほうがいいと思う。

だまされたことに気づきつつ、助けに来るかもしれないという一縷の望みにすがっている姿は健気とも言えるが、あとでバカだったと悔やむのがおちだ。そもそも彼女のことを本当に愛おしいと思うなら、殺しなんて指示をするわけがないもの。

「いや。俺にふさわしい嫁になりそうだと思っただけだ」

「だからなりませんって！」

なんでも嫁に結びつけるのはよして。

「彩葉。お前なにか他にもたくらんでるだろ？」

「わかります？」

「あぁ、目が輝いている」

目って……。

でも、志麻さん復活計画を考えていたら、ワクワクしてきたのは否定しない。

とびきりいい女にして絶対に裏切り男をギャフンと言わせてやる！

「白蓮さん、お願いが……」

私はそれからいくつかお願いをして、いったん自室に戻った。

眠る前にもう一度志麻さんの部屋まで行ってみると、空の器が廊下に出されていて頬が緩む。

「罰だもんね……」

食べないわけにはいかなかったのだろう。

こうして無理やりにでも食べてもらって、早く体力を取り戻してほしい。

翌日の朝食も、もちろん彼女のところに持っていった。

「志麻さん、罰のお時間です。残したらダメですよ」

廊下に出てきた彼女に、焼き魚をメインにした和食を無理やり持たせる。彼女はなにも言わずに戸を閉めたが、『いりません』という拒否はなかった。

「彩葉さま。『罰のお時間です』って、そんなにウキウキで言うことですか？」

また一緒に来てくれた鬼童丸さんがあきれ気味だ。

「転んでもただでは起きないの精神です。彼女はどん底まで落ちたのですから、これからはいいことが待っていますよ、絶対」

なんて偉そうなことを言っているが、私自身は両親の死を受け入れるのも簡単ではなかったし、祖母が亡くなってからも沈みっぱなしだった。だからどん底から這い上がるということが、それほど気軽にできることではないと知っている。

でも、本人が難しいのなら周りが手助けすればいい。私がこうして元気を取り戻しつつあるのは、この宿の人たちのおかげだし。

「やはりお強い。白蓮さまの伴侶として申し分ない」

「ですから、勝手に決めないでください！」

抗議すると、彼はクスクス笑っていた。

そんな日が数日過ぎ、志麻さんはきちんと罰を受けて食事をすべて食べてくれるようになった。

廊下に出てくる彼女はずいぶん血色がよくなり、ガサガサになっていた唇もプルンとしている。

そろそろいいかも。

昼食が済んだあと、私は再び彼女の部屋を訪ねた。

「志麻さん、追加の罰のお時間です。行きましょう」

「ちょっと、なに？」

激しく抵抗する彼女の腕を引き、無理やり母屋に連れていく。そして、いつも食事をとる大広間の座卓の前に座らせた。

「バカ力ね」

ふてくされた彼女は嫌みを口にする。

「ろくに食べていない人には負けませんよ。私は祖母直伝の栄養満点の料理を食べていますからね」

なんて、つい最近まで味がわからなくなっていたのだが、大口を叩く。

「それで、なに？」

「これから志麻さんにお化粧をします。って、私もしたことがないから不安なんですけど」

「は？」

今日のために白蓮さんに頼んで、化粧品一式とメイクのやり方が載っている雑誌をうつしよで手に入れてきてもらった。かくりよにも化粧品らしきものはあるようだが、それほど普及はしておらず、簡単には手に入らないと聞いたからだ。

買い出しに行ってくれたあやかしも、化粧品や雑誌を買うのは初めてでかなり迷ったらしい。

「それじゃあ始めますね。まずは下地から」

雑誌を見ながらのつたない化粧だが、絶対にきれいにするという意気込みだけは十分だった。

手順を確認しながらファンデーションをのせたところで、雪那さんが顔を出した。

「おもしろいことしてるじゃない」

遠慮なくずかずかと入り込んできた雪那さんが微（かす）かに笑みを浮かべると、志麻さんは「ふん」とそっぽを向く。

けれど志麻さんがおとなしく化粧されているのは、さっき鏡の中の自分に見入っていたことと関係がありそうだ。

――多分、気に入ってくれている。

「へぇ、こんなふうに絵を描くのか」

「絵じゃないです。化粧です」

雪那さんが興味津々で雑誌のページをめくっている。

「うーん。アイライン難しそうだな。まつげの隙間を塗りつぶすようにって、目に入っちゃう」

本音を漏らせば、志麻さんが体を引く。目玉に線を描かれたらたまらないだろう、そりゃ。

「貸してみな？」

ためらっていると雪那さんが私からアイライナーを奪い、するすると線を引いていく。

「あれっ、器用じゃないですか」

「私を誰だと思ってるのよ」

つっこむと、したり顔の雪那さんはそのあとも雑誌の手順を確認しながら見事にメイクを施していった。

「うわー、なかなかいい。雪那さんグッジョブ！」

最後に唇にグロスをのせると、クール系のいい女のできあがり。

肝心の志麻さんは鏡を熱心に覗き込み、じっと自分の顔を見つめている。

「あんた、いい女だよ。私の次だけど」

ボソリと漏らした雪那さんの言葉に少し驚いた。ぶっきらぼうな言い方だけど、励ましているのだ。

意外と優しいところもあるじゃない。

「あぁ、言っておくけど、鬼童丸さまにちょっかいかけたらただじゃ済まないからね！」

やっぱりそれは付け足すんだ……と思いつつ、ほっこりした気持ちになった。

「それじゃあお待ちかね。鬼童丸さん」

廊下に出て大きな声で呼ぶと鬼童丸さんがやってきた。

「鬼童丸さま！　見てくださいな。この絵、私が描いたんですよ」

絵じゃないってば。

意気揚々と鬼童丸さんにすり寄っていく雪那さんには、これから残念なお知らせが……。

「ほぉ、これはなかなか。志麻、このほうがいいぞ」

鬼童丸さんが志麻さんを褒めると、雪那さんの眉間に三本のくっきりとしたシワが寄る。

「それじゃあ行くか」

「行くって、どちらに？」

質問したのは誘われた志麻さんではなく、雪那さんだ。

「街に行ってくる」

「それなら私も！」

「雪那は洗濯物の取り込みが終わってないぞ」

すかさず鬼童丸さんの腕をとった雪那さんにくぎを刺したのは、タイミングよく現れた白蓮さんだった。

「それはあとでいたします。あぁ、彩葉さまがやってくださると」

そんなこと言ってないでしょ？

「今日はデートなのだから雪那は邪魔だ。志麻、楽しんでこい」

「デートって!!」

白蓮さんの言葉に、雪那さんが眼球が転げ落ちそうなほど目を見開いている。

雷に打たれたような衝撃を受けている彼女をチラリと視界に入れた鬼童丸さんだったが、「それでは」と志麻さんの手を引いて出ていった。

「き、鬼童丸さま！」

あとを追おうとした雪那さんを白蓮さんが片手でやすやすと止める。

「志麻に自信をつけさせるためだ。今日は貸してやれ」

「そんなぁ。私ですらまだおデートしたことないのに……」

「そのうちできるさ」

そんないい加減なことを言って大丈夫？

「白蓮さまが行けばいいのに……」

「俺は彩葉としかデートはせん」

断言する白蓮さんがサッと私の腰を抱くので、今度は私が卒倒しそうだった。

「それなら鬼童丸さまだって――」

雪那さんの抗議は続いたが、白蓮さんは素知らぬ顔をして私を部屋の外へと促す。

「志麻、化けたな」

「でしょう？　食事を食べるようになって、肌にみずみずしさが戻ってきましたから、化粧のノリも最高でした」

なんて、本当は化粧のノリなんてよくわからないけど、きれいだったからいいや。

それにしても、雪那さんの手先の器用さには驚いた。

「彩葉も化粧をしてデートするか？」

「し、しませんよ」

「あぁ、お前は化粧なんていらないか。このままで十分だ。でもあまりお披露目もしたくないな。俺の彩葉をじろじろ見るヤツがいたら腹が立つ」

〝しません〟は、化粧ではなくデートにかかっているんですけど？

しかもしれっと『俺の彩葉』宣言をされても、恥ずかしいだけでうれしくは……ない？のかな私。いや、恥ずかしいだけよ。

自分の微妙な心の変化に気づきつつも打ち消した。

「わ、私、お洗濯物を取り込んできます。あの調子じゃ無理そうだから」

「あはは。そうだな、頼んだ」

白蓮さんから離れて歩きだしたところで「彩葉」と呼ばれて振り向く。

「志麻のこと、ありがとう。お前がいてくれて助かった」

「どういたしまして」

私が笑顔で答えると、彼もうれしそうに微笑んだ。


鬼童丸さんと志麻さんが街に下りている間、雪那さんには殺気が漂い、誰も近づけない始末。けれど空気を読まない勘介くんだけは「掃除が終わってないですよ」と無邪気にまとわりつき、「うるさい！」と一喝されていた。

かわいそうに……。

「彩葉さま。鬼童丸さまがお帰りになりました」

夕刻になり、勘介くんが私の部屋に飛び込んできた。

「志麻さん、どんな様子だった？」

「様子？　普通の顔してましたけど？」

勘介くんに聞いたのが間違いだった。

雪那さんのことも気になるので、あわてて玄関へ走る。志麻さんは先に部屋に戻ったらしく、雪那さんがすかさず鬼童丸さんに駆け寄っていったのが見えた。

「待ちかまえていたみたいね……」

「雪那さんですか？　ずっと玄関に座ってましたよ？」

勘介くんの発言に顎が外れそうだった。もはや一途を通り越してちょっと怖い。

「土産だ」

「あぁん、素敵」

雪那さんは鬼童丸さんから淡い水色の飴が入った袋を手渡されて、満面の笑みを浮かべている。

あんなに不機嫌だったのに、やっぱりちょろいかも……。

「彩葉さま」

鬼童丸さんは次に私を見つけて近寄ってきた。もちろん、にこにこ顔の雪那さん付きで。

「志麻さんは？」

「久々の街で興奮気味でした。着飾った彼女を見つけて差し入れをしてくれるあやかしも多くて。私が一緒でなければ、ナンパされていたかもしれませんね」

彼はニヤリと笑って言う。

おそらく、私が白蓮さんをナンパ師と勘違いしたことを揶揄（やゆ）しているのだろう。

「あはは。ナンパ、ねぇ……」

「鬼童丸さま。今度は私と行きましょうよ」

「あいにく仕事が忙しくてな」

雪那さんのおねだりをあっさり却下した彼は、私の耳元に口を寄せる。

「志麻が彩葉さまと話をしたいそうです」

「鬼童丸さま、なにをお話しになっているんです？」

キーキー声の雪那さんを放っておいて、鬼童丸さんはそそくさと二階へ上がっていってしまった。

またしても雪那さんににらまれる羽目になった私は、志麻さんの部屋に足を向ける。

「彩葉です」

声をかけると戸が開き、「どうぞ」と中に促されてびっくり。こんなことならお茶でも持ってくればよかった。

小さな座卓を挟んで座ると、彼女から口を開いた。

「ありがとうございました」

「へっ？」

まさか頭を下げられるとは思っていなかったので、変な声が出る。

「鬼童丸さまに叱られました。お前はいつまで拗ねているのだと。私……月の世に住むあの人に、一緒になりたいのなら白蓮さまを殺してこいと言われ……。渡された短刀を忍ばせてここまで来ましたが、怖くて震えてしまって。そうしたらすぐに鬼童丸さんにつかまって」

白蓮さんを襲おうとした日のことについて詳しく語りだしたので、ひたすら耳をそばだてる。

「その場でのどを突こうとしたら、今度は白蓮さまに短刀を取り上げられて、ここに」

「そうでしたか……」

「私、あの人に利用されただけだとわかっていたの。でもそんな自分が情けなくて、認めることができずにいて……」

視線を落とした彼女は唇を噛みしめている。

「情けないなんて……。志麻さんは恋をしただけでしょ？」

なんて、まともな恋をしたことがない私のセリフではないことは重々承知だけれどかまわずに続ける。

「今回は成就しなかっただけ。しかも、そんなひどい男と別れられて正解ですよ。絶対に」

興奮気味に力説すると、彼女は視線を合わせてくれた。

「鬼童丸さんもそうおっしゃっていました」

「でしょ？　志麻さん、こんなにきれいなんだから、次行きましょう、次！」

　かくりよって、合コンとかお見合いとかないのかしら？

「ありがとうございます。今日、化粧というものをしてもらって街に繰り出したら、皆さんいろいろなものをくださって」

　彼女は風呂敷包みを広げてみせた。その中にはかんざしや帯、さらにはかわいらしい下駄（げた）まである。

　貢物じゃない。私、もらったことないよ？

「どうして私にくださるんだろうとつぶやいたら、鬼童丸さんが、お前がきれいだからだろって」

　頬がほんのり赤く染まったのは気のせい？　鬼童丸さんはやめておいたほうがいいわよ。だって、ねぇ。

　雪那さんの鬼の形相が浮かぶ。

　まあでも、それは本人同士の気持ち次第だけど。

「私、近いうちにここを出て働きます。そしてあの人よりいい旦那さまをつかまえてみせるわ！」

　よかった。鬼童丸さんに恋をしたわけじゃないのね。

「それがいいです。志麻さんなら素敵な旦那さまをゲットできます」

「彩葉さまも幸せですよね」

「ん？」

どうして突然私の話？

「白蓮さまが大切にしてくださいますでしょう？　うらやましい限りです」

「そ、そうですね」

大切にしてもらっている自覚はあるが、嫁入りを拒否していることは黙っておいた。

この宿には大風呂があり、しかも温泉が湧いている。

宿屋をしていた頃は、垢なめというあやかしの栄さんが管理していたのだとか。

このお湯は体を芯から温め肩こりや筋肉痛を癒し、さらには傷の回復に役立つらしい。私の首や頬の傷が比較的早く回復したのはそのおかげかもしれない。

広い岩風呂にひとりで浸かり、ボーッと考え事をする。

それにしても……。こちらに来てからあっという間に時間が流れていく。

あれから黒爛の姿を見ることはないが、今でも私の命を狙っていると思うと身震いする。まさか、そこそこ真面目に生きてきた自分がそんな目にあうなんて考えたこともなかった。

「ああ、もう！」

黒爛のことを思い出すと、気が滅入る。

こういうときは眠ってしまうのがいい。

私は風呂を出たあと自室に戻って、すぐに布団に潜り込んで目を閉じた。

──「来ないで」

無数の手が私に向かって伸びてくる。

私は拒否しているのにその手は増えるばかりで、逃げても逃げても埒が明かない。

しばらくすると追いつかれて、そのうちのひとつの真っ黒な手が私の首を容赦なくつかんだ──。


「嫌っ！」

大声で叫び、勢いよく体を起こした。

「彩葉！」

するとすぐに障子が開き白蓮さんが入ってきて、焦るように私の傍らまでやってくる。そして行灯を灯した。

どうやら夢を見ていたらしく、周りにはなにもいないし、首もつかまれてはいない。

さっきお風呂で黒爛のことを考えたからか、怖い夢を見たようだ。

「どうしたんだ？」

「夢を……。たくさんの手に追いかけられて、首を絞められる夢を……」

夢だとわかっても、黒爛に襲われた記憶のせいで体が震えてきて、自分で自分の体を抱きしめる。

「そうか。あんなことがあったばかりだから無理もない」

片膝をついた白蓮さんが申し訳なさそうに言うが、助けてくれたのは紛れもなく彼だ。

「幼い頃から、繰り返し見る夢がありました。白蓮さんの黄金色の尻尾のようなもふもふしたものに包まれているんです。それに包まれている間は幸せで、満たされていました。でも、こんなに怖い夢を見たのは初めてで」

「そうか……。尻尾か」

彼はどことなく寂しげな表情で微笑み、九本のふさふさの尻尾と耳を出してみせた。

「これに包まれていたんだな」

「はい。こんな感じです。そういえば、両親を亡くしてからうまく眠れなくなって。祖母にねだって狐のぬいぐるみを買ってもらったんです。どうして狐を選んだのか覚えていませんが、いつも抱いていたような。でもそれだけでは夜も眠れず、それからその夢を見るようになった気が……」

私が言うと、彼は尻尾を動かして私のほうに向ける。

「これで安心して眠れるなら、包んでやる」

「えっ……」

たしかに夢で見たふわふわしたものとそっくりだと以前も感じた。

私は恐る恐る手を伸ばして先に少し触れてみた。

「はっ……」

今の色っぽい声はなに？

視線を動かして白蓮さんを見つめると、バツの悪い顔をしている。しかも、心なしか頬が赤らんでいるような。

「見るな。尻尾に触れられるのは苦手なんだ」

「あっ、すみません」

さわってもいいのかと思ったが違ったらしい。

「いや、ソフトに触れるな。触れるならいっそこう、ガバッと」

なるほど。たしかに触れるか触れないかのときのほうがくすぐったいこともある。

「そ、それでは失礼して」

私は思いきって、尻尾の中に飛び込んだ。

「あぁ……」

またドキッとするような艶のある声にたじろぎ離れようとしたが、「慣れるから」と彼は言う。

だから私は遠慮なく尻尾に体を預けていた。

やっぱりこれだ。夢で見るのは白蓮さんの尻尾だったのだ。

「彩葉。眠れそうならそのまま目を閉じろ」

「でも……」

「こちらに来てからフル回転で疲れているだろう？　今は休息が必要だ」

「はい」

いつもは背筋をピンと伸ばしてたたずんでいるくせに、全身の力が抜けたようにふにゃっとしている彼が心配ではあったけど、ずっと求めていたものが見つかったようなうれしさと心地よさのせいか瞼が下りてきて、そのまま意識を手放した。


翌朝目覚めると白蓮さんの姿はなく、私は布団に寝かされていた。

「あれも夢？」

体を起こして考えてみたが、現実に違いない。ふわふわの尻尾に包まれた温もりをまだ体が覚えている。

それにしても、あの白蓮さんが尻尾にさわられるとあんなふうになるなんて。

弱みを握っちゃった？

いつもは凛（りん）としている彼の意外な一面に、思わず笑みがこぼれた。

「朝ご飯！」

作らなくては。

きっと和花さんがひとりで格闘している。宿の人たちも待っているかもしれない。

私は白蓮さんが用意してくれたたくさんの着物の中から、渋い青紫色の着物を選んで身にまとう。

それから誰も見ていないのをいいことに、大股を開いて台所に走った。和服に似合うたおやかな所作というものは私にはなかなか難しい。

「和花さん、おはようございます！」

「おはようございます。元気ですね」

昨日ぐっすり眠れたからか、久しぶりに体が軽い。

「はい。あっ、ご飯うまく炊けてそう……」

彼女ひとりで炊いても、焦げ臭くもないし、コトコトといい音もする。

「途中で薪を抜きましたから。火加減に気をつけることなんてすっかり忘れていたんです」

「あはは」

ということは、いつもは適当に火をつけてそのまま最後まで放置だったのかもしれない。大雑把な性格なのね、多分。

「今朝はなにを作りますか？」

「とりあえず味噌汁は必須ね」

朝はだしのきいた味噌汁を飲まないと一日が始まらない。材料を覗いて、大根と油揚げの味噌汁に決定した。

「お魚も」

他にはにしんと昆布の煮つけ、なすの揚げびたし、それからきゅうりの浅漬けも作ることにして早速手を動かす。

「勘介くんは？」

いつもうろちょろしているのに、今日は姿が見えない。

「今朝は雪那さんにつかまって洗濯をしています。あっ、彩葉さまも洗うものがあれば、勘介に」

「いえ……私は自分で」

下着を彼には頼めない。

そういえば、ここでは下着の類はどうしているのだろう。私の下着は、和花さんを通じて女性のあやかしに頼み、うつしよで買ってきてもらったが、もしかして下着を作るのがうまいあやかしがいるとか？

「和花さんたちは下着をどこで求めているの？」

「うつしよではパンツというものをはくんでしたね。私たちはつけませんから、かくりよにはございません」

えっ、はかないの？

でも、昔は私たち人間もそうだったと聞いたことがあるような気もする。

「彩葉さまはまたうつしよで買ってきてもらうか、ご自分で行かれるかですね。そういえば白蓮さまもうつしよによく行かれていましたけど、彩葉さまに会うためだったのでは？」

うつしよに行くと桜庵に寄っていたとは聞いたけど、祖母の料理が好きだっただけで、特に私に会うためだったわけじゃないと思うけどな。

「そう、なのかな」

「一時期は毎日のようにいらっしゃらなくて、代わりに鬼童丸さまが陽の世を守られていましたよ」

「毎日……」

心当たりがなく首をかしげながら作業を続けた。

朝食がすべてできた頃に、また鬼童丸さんが手伝いにやってきた。

「朝から豪華だ」

「普通ですよ」

祖母は朝食こそ活動の源となると、決して抜くことはなかった。店の残り物のことも多かったが、テーブルには何種類ものおかずが並ぶのが普通だった。

「宿から先に配ります」

洗濯が終わって顔を出した勘介くん、そして相変わらず鬼童丸さんにべったりな雪那さんにも手伝ってもらい、宿のあやかしたちにも配り始めた。

「鬼童丸さん、志麻さんのお部屋は私に行かせてください」

彼が彼女の部屋の前に立ったのでお願いした。

「そうですか。それでは私は別の部屋に」

鬼童丸さんが離れていくとすぐに「おはようございます」と声をかける。すると、静かに戸が開いた。

「おはようございます」

「朝食です」

「ありがとう」

今日はすっぴんなのに、顔色がすこぶるいい。しかも、表情が柔らかい。『いりません』と拒絶したときとはまるで違う様子にホッとする。

私は料理を渡して戸を閉めた。

この満足感はなんだろう。自分の作った料理で誰かが元気になっていくなんて、最高だ。

志麻さんの部屋をあとにして台所に戻ると、すぐに他の人たちもやってきた。

「彩葉さま、ずいぶんうれしそうですね」

鬼童丸さんが話しかけてくる。

「はい。志麻さんが元気そうで」

志麻さんの自信を取り戻させたくて料理を作り化粧を施したが、意外にも自分の自信も湧いてきている。

私の料理で元気になってくれたり、取り合ってまで食べてくれたり、という様子を見ていると、役に立てていることがあるのだと。

「そうでしたか。彩葉さまが笑顔でいらっしゃると白蓮さまの機嫌もいい。ぜひ、そのままで」

そういえば、尻尾に触れさせてもらったお礼をしなければ。

私は少しウキウキした気分で大広間に向かった。


今朝は呼びに行かなくても白蓮さんはやってきた。

「いい匂いがすると思ったら味噌汁か」

「はい。大根のお味噌汁です。お好きですか？」

座卓の前に座った彼に尋ねると、チラリと和花さんを見てすぐに視線を逸らす。

「和花の大根の味噌汁は硬くて食べられないもん」

「文句があるなら自分で作りなさいよね」

勘介くんと和花さんの小競り合いが始まった。

それで白蓮さんは和花さんを見たのか。

「勘介、お前の分も食っちまうぞ」

いつまでも言い合いを続けているふたりに、鬼童丸さんがくぎを刺す。

「ダメ！　絶対にダメ！　いただきます！」

勘介くんは早速大根を口に入れている。

「今日もうまっ」

気に入ってもらえてよかった。

私は皆が笑顔で食べ進む様子を見てから自分も食べ始めた。

今日は煮干しと昆布でだしをとったが、特に煮干しがいい仕事をしている。これなら祖母にも合格をもらえそうだ。

「あ……」

そう思ったところで声が漏れてしまい、食べ進んでいた皆の視線が集まった。

「彩葉、どうかしたのか？」

白蓮さんが不思議そうに尋ねてくる。

「いえ……。私、祖母が亡くなってから食べ物をおいしく感じなくなっていたんですけど、ここで食べる食事はおいしいなと思って」

祖母が息を引き取ってからなにを食べても味気がなかったのに、だしの味まで見分けられるほどに回復している。味覚が完全に戻ったことを知った。

「これがおいしくなかったら、和花の料理は……痛っ」

勘介くんは話している途中で和花さんに頭をパーンと叩かれて、顔をしかめている。

今の、クリーンヒットだったけど大丈夫かしら？

心配で目を丸くしていると、隣の白蓮さんが「いつものことだ」と平然としてなすを口に運んだ。雪那さんも少しも動じない。

勘介くんって、よくげんこつを食らっているよね……。

でも、まったくめげる様子もなく再び食事を始めた彼を見て、クスッと笑ってしまった。


――数日後。

白蓮さんは臣下のあやかしを連れて街に向かったようだ。

鬼童丸さんの話では、盗みを働く子供が出没しているらしく苦情が殺到しているのだとか。

陽の世にはお金のようなものが存在しないとは聞いたが、自分のできることを提供して見返りをいただいているわけなので、一方的に持っていくのはルール違反になる。

勘介くんが腹時計がそろそろ昼だと言うので、私は再び台所に立って昼食の準備を始めた。

今日はツナと大根おろしの和風パスタにしようと思っている。というのも今朝、ツナ缶まで常備されているのを見つけたからだ。

人間の食べ物はおいしくて、あやかしにも大人気なんだとか。

食材に関してはうつしよとまったく変わらない。桜庵の厨房より豊富にそろっているくらいだ。

パスタは桜庵のメニューにはなかったが、祖母がよく作ってくれた。たまには洋食もと気を使ったらしいのだが、材料はいつも和風だった。

和花さんに大根おろしをお願いして、私はその間にしめじやなめたけといったきのこの類を調理する。

その傍らで、かつおぶしと昆布でだし醤油も作った。

以前うどんを作ったときのだしに似ているが、昆布を入れるとまた風味が変わる。これは多めに作っておいて、別の料理にも使い回すつもりだ。

「彩葉さま、そんなにいろいろ一度によくできますね」

「慣れかな。和花さんもできるようになるわよ」

と言ったものの、何百年もできていないのだから難しいのかな？

「はい、頑張ります！」

とはいえ彼女の笑顔が弾けているので、余計なことは口にしないでおいた。

「離せー」

パスタがゆであがった頃、どこからか大きな声がして和花さんと顔を見合わせる。

「離せと言ってるだろ！」

子供の声？

「鬼童丸」

続いて白蓮さんの声もしたので台所から廊下を覗くと、白蓮さんが勘介くんより少し体の小さい男の子をひょいっと肩に担いで、こちらに歩いてくる。しかしその子は全身をよじって激しく抵抗し、白蓮さんの背中を思いきりどんどんと叩いていた。

「どうされたんです？」

あわてて飛んできた鬼童丸さんが顔をしかめている。

「例の子だ。なにを聞いても口を利かないから連れてきた」

例の子とは、盗みを働いている子のことだろうか。

「ひとまずこちらに」

鬼童丸さんがその子を預かろうとしたが、彼はちょっとした隙をついて走りだす。

そして私たちのほうに向かってきたかと思うと台所の中に入った。

「ちょっ、火の近くには行かないで。危ないから！」

もう薪の火は落としたが、まだ熱い。

焦って追いかけるも、するっと逃げられてしまいつかまらない。

鬼童丸さんも入ってきて大騒動が始まった。調理台の両側から挟み込もうとしても、私や和花さんの間をいとも簡単にすり抜けて逃げていく。

しかし、白蓮さんと鬼童丸さんの間に挟まれるとさすがに観念したのか、彼は動かなくなった――かと思えば、目の間にあった大根おろしの入った器に手を伸ばしてそれを投げつける。

鬼童丸さんはスッとよけたが、私はその瞬間、堪忍袋の緒がぶちっと音を立てて切れた。

「いい加減にしなさい!!」

こんなに大きな声を出したのは記憶にない。

祖母に、『食べ物は私たちの命をつなぐ大切なものだから、決して粗末に扱ってはならない』と幼い頃からこんこんと説かれてきたので許せなかったのだ。

白蓮さんがあんぐりと口を開けて私を見ているのがわかったけれど、感情の高ぶりを抑えられない。

「食べ物を粗末にするなんて、どういうこと？　すぐに拾いなさい！」

散らばった大根おろしを拾うのは至難の業だが、私はあえて命じる。すると、さっきまで威勢のよかった男の子が、素直にそれに従った。

「何事？」

私の声が聞こえたのか、雪那さんまで顔を出す。しかし説明している暇はない。

「和花さん。申し訳ないけど、もう一度大根をおろしてくれる？」

「は、はい」

固まっていた和花さんがようやく動き始めると私は男の子の隣に行き、片付けを手伝い始めた。

「彩葉さま、私が」

「鬼童丸さん、ここはお任せいただけませんか？　大きな男の人ふたりに追いかけられたら怖いと思うんです」

「しかし……」

彼は白蓮さんにチラリと視線を送っている。

「もう悪いことはしないわよね？」

男の子に念を押すと、意気消沈した様子の彼はコクリとうなずいた。

これが演技ではないと信じたい。

「鬼童丸。彩葉に任せてみよう」

白蓮さんがそう言うと、鬼童丸さんは渋々離れていく。彼をうっとり見つめる雪那さんのほうへ。

「私は彩葉というの。きみの名前は？」

「豆吉（まめきち）」

ボソリとつぶやく彼は、どうやら反省しているらしい。黙々と片付けをしている。

「豆吉くんか。なんのあやかし？」

「豆腐小僧です」

豆腐小僧？　聞いたことがなく、想像がつかない。

「……そう。なにか盗んでしまったの？」

隣で作業を続けながら淡々と尋ねると、小さくうなずいた。

「なにを？」

「組紐（くみひも）」

「組紐って、着物の？」

「うん」

帯締めに使う紐のことらしいけど、女性が使うもので、豆吉くんには必要ないような……。

「どうして組紐なんて？」

　質問したが今度は口を閉ざして答えてくれない。彼はそれきり黙り込み、手だけを動かし続けた。

　ほとんど片付けが済んだところで大根おろしもできあがった。

「さっきの大根おろしも和花さんが作ってくれたの。それをダメにしたんだから謝ろうか」

　豆吉くんに促したが、彼はプイッと横を向いてしまい反抗的だ。

「悪いことをしたら謝る。これは基本中の基本よ。ほら、私も一緒に謝るから」

　私は豆吉くんの頭をつかんで和花さんのほうに向け、そして無理やり下げさせた。

「ごめんなさい」

　私が言うと、彼はかなり小声で「ごめんなさい」と続く。

「まあ……ギリギリ合格ね。和花さん、本当にごめんなさい」

「いえっ、彩葉さまがお謝りにならなくても……」

「その大根おろしをのせて、あとはだし醤油をかけてくれる？　それと、取り分け皿をもう一枚追加で」

「はぁ……」

和花さんは怪訝な声を出しながらも作業に移った。

「豆吉くん、お昼ご飯はまだでしょ？」

「うん」

「それじゃあ一緒に食べよう」

私が彼を誘うと、和花さんが「それはちょっと……」とためらいを見せる。

「大丈夫。白蓮さんには私がお願いするから。お腹が空いているとイライラするものなの。おいしいものを食べて、まずは気持ちを落ち着けなくちゃ。豆吉くん、お腹がいっぱいになったら白蓮さんとお話しするのよ。私も一緒にいてあげるから」

私の腰ほどの背丈の彼に視線を合わせて話しかけたが、険しい顔をしている。

「組紐が欲しかったわけじゃないよね？」

「……うん」

「なにかわけがあるんでしょ？　白蓮さんはちゃんと聞いてくれると思うなぁ」

彼が盗ったものが組紐だと知ったとき、これは悪さをして周りの気を引きたいだけではないかと思った。

陽の世にはお金は存在しないのだから、組紐を手に入れて売るわけでもなかっただろう。それと交換になにかを得ようとしていた可能性はあるが、それならもう少し高価なものを盗るはずだ。

かくりよでは組紐の価値がすごく高いというならばわからないけれど。

以前チラッと聞いたときも、盗まれたものがきゅうりだった気がするので、余計にそう感じた。

「彩葉さま、ご飯食べましょう！」

そのとき、部屋の掃除に行っていた勘介くんが入ってきた。

「うんうん、お待たせ」

「あっ、豆吉」

勘介くんは彼を知っているらしい。

「お友達？」

「友達というほどじゃないですけど、前に街に行ったとき、からかわれてたから助けてあげたんです」

からかわれて？

勘介くんの言葉に、豆吉くんは顔を背けた。

このあたりにわけがありそうだと感じた私は、笑顔を作って勘介くんに指示を出す。

「今日は豆吉くんも一緒だよ。運んでくれる？」

「はい！」

私は尻込みする豆吉くんを引きずるようにして大広間に向かった。

廊下で鬼童丸さんに出くわすとやれやれと言いたげな表情をしているが、特になにも言わない。白蓮さんが私に任せると制したからだろう。

鬼童丸さんのうしろから白蓮さんが近づいてくるのが見えたからか、豆吉くんは私の手を振り切って逃げようとした。しかし、ちょうどやってきた雪那さんにぶつかってあえなく御用。ボールでも持つように片手で頭をガッチリとつかまれ、身動きが取れなくなっている。バカ力だ。

「おいお前。鬼童丸さまを困らせるとは、ずいぶんいい度胸してるんだねぇ」

雪那さん、あなたが一番怖いから！

彼女は鬼童丸さんのことになると手がつけられなくなる。

「あっ、鬼童丸さんが雪那さんを捜していたんですよ」

どうしようかと考え、とっさに嘘をついた。

「い、彩葉さま？」

背後から焦る鬼童丸さんの声が聞こえてくる。

許して！

心の中で謝罪しながら、豆吉くんを雪那さんから引き離した。

「まあ、なんですの？」

別の顔をつけかえたようにコロッと態度が豹変した雪那さんは、豆吉くんには目もくれず鬼童丸さんに駆け寄っていった。

「いや、その……」

「仲がいいな、鬼童丸」

「白蓮さま！」

白蓮さんまで茶々を入れるので、鬼童丸さんは目を白黒させている。

私はその隙に怖がる豆吉くんを背中に隠す。すると、白蓮さんが私のところへ歩み寄ってきた。

「彩葉。話は終わったのか？」

「まだこれからですが、とりあえず一緒にお昼を食べてもいいですか？」

「は？」

白蓮さんは鼻から抜けるような声を出し、一瞬眉をひそめる。

「うつしよでは〝衣食足りて礼節を知る〟と言うんです。とりあえずお腹を満たしましょう」

学年末のテストに出たばかりのことわざが役に立つなんて！　テストでは間違えたけど……。

「なんだそれ？」

さすがに白蓮さんも意味がわからないらしい。

「お腹がいっぱいになって初めて礼儀を知るのだから、お説教の前にご飯にしましょうという意味です」

ちょーっと違う気もするが、まあそんな感じのはず。

「本当か？」

「ほ、本当ですとも！」

つっこまれて焦ったが、とりあえず虚勢を張る。

「お前は……バカがつくお人よしだな。昔と変わらない」

前世の私もこんな感じだったのか。

もうひと押し？

「私のそういうところが、す、好きだったんじゃないですか？」

豆吉くんに食事をさせるための方便とはいえ、恥ずかしさのあまり穴があったら入りたい気分だ。

白蓮さんは一瞬目を見開いたが、すぐにニヤリと意味ありげな笑みを浮かべて口を開く。

「よくわかっているじゃないか。そろそろ嫁になるか？」

「なりません！」

「俺の求婚をはっきり断れるのは彩葉くらいだ。まあいい、飯にするぞ」

一緒に食べてもいいと、許可された？

「豆吉くん、食べよ」

私は腰が引けている彼を部屋の中に入れ、勘介くんの隣に座らせた。

それからは取り合いの昼食が始まった。

「勘介、欲張りすぎよ！」

自分の皿に山盛りにした勘介くんを、和花さんが怒っている。

「食べるからいいでしょ？　和花だってツナばっかり。きのこも食べなきゃ」

小競り合いしているふたりを、白蓮さんは楽しそうに見守っている。

「豆吉くんも早く食べないとなくなるよ。ほら」

手を出さない豆吉くんの皿にどっさり盛ると、最初は遠慮がちだったが、そのうちパクパクと食べ始め、「おいし」と小声で漏らした。

どうやら気に入ってもらえたようでうれしい。

「彩葉はなにを作らせてもうまいな」

「これは祖母がよく昼食に作ってくれたんですよ。だし醤油がおいしいでしょ？」

白蓮さんに答えると、彼だけでなく鬼童丸さんもうなずいている。

鬼童丸さんの横では、雪那さんが大皿からパスタを取り分けてかいがいしく世話を焼いていた。鬼童丸さんがひたすら苦笑しているのは見なかったことにしよう。

皆モリモリ食べてくれるから、とても気持ちがいい。すっかり味覚を取り戻した私も、祖母の味を堪能した。

「和花さん、後片付けお願いしてもいい？」

「わかりました」

食事が終わると、私は豆吉くんと一緒に立ち上がった。

「白蓮さん」

「わかっている。ついてこい」

白蓮さんに先導された私たちは、長い廊下を歩き、初めて入る部屋に通された。

うしろから鬼童丸さんも入ってきて、部屋の真ん中あたりであぐらをかいた白蓮さんの隣に座る。さすがに雪那さんは振り切ってきたようだ。

私はうつむく豆吉くんを彼らの前に正座させたあと、彼の横に腰を下ろした。

「彩葉はこちら側ではないのか？」

白蓮さんが尋ねてくるが、私は首を横に振る。

「三人ににらまれたら怖いでしょ？」

ふたりでも迫力満点なのだから、話せなくなる。

「ふぅ。それで？」

「豆吉くん、どうして組紐を盗ったか話してみて」

促したものの、視線を下に向けたままで口を開かない。

「以前はきゅうり、その前は下駄。さらにその前は桶だったそうだな。なんの一貫性もないが、どんな理由で盗んだのだ？」

白蓮さんが問いただしても黙ったまま。

「あっ、そうだ。勘介くんがからかわれていたと言っていたけど、あれはなに？」

「あれは……」

ようやく豆吉くんが口を開いた。

「僕はいつも豆腐を配って歩いているだけなんだ。でも皆、自分が頼まれた仕事を僕に押しつけてきて、断ると配達するはずだった豆腐を投げ捨てられて……」

「それはひどい」

思わず声が出た。

その痛みを知っているから、私が大根おろしを粗末に扱って叱ったとき、素直に反省したのかもしれない。

「豆腐小僧はそもそもおとなしいあやかしですからね。ただそれがあだとなって使いっ走りにされることが多いとか」

鬼童丸さんが口を挟む。

「それで、どうして盗みを？」

白蓮さんがもう一度問うと、豆吉くんは今度は彼を見て口を開いた。

「盗んだものは、そいつらの家のものだ。僕がお使いをすると、そいつらは自分でやったように見せかけて家の人に褒められて、褒美までもらって……」

豆吉くんの目が潤んできたので、励まそうと背中に手を置く。

「でも僕は豆腐の配達が遅れて叱られてばかり。腹が立って、困らせてやりたかったんだ！」

だから盗んだものに一貫性がなかったのか。

「そうだったのか。しかし、本人たちに言うべきで、家のものを盗んでも解決はしないぞ」

「言ったよ。でも、聞いてくれない」

悔しそうに唇を噛みしめる豆吉くんが不憫になった。どこの世界でもこういう悩みはあるのね。

「助けてくれそうな友はいないのか？」

「そんなものいない」

私も深く付き合っている友達はいなかったので、妙に共感してしまう。

白蓮さんは腕を組んだまましばらくなにも言わない。

私が街に下りて、その子たちの親に事情を話して回る？　子供では取り合ってもらえなくても、大人の私の話なら少しは耳を傾けてもらえるかも。

「彩葉。その考えは却下」

「まだなにも言ってませんよ？」

唐突に白蓮さんにダメ出しをされて驚く。

「どうせ自分が行って事情を説明しようとかなんとか考えてるんだろう？」

うわ、図星だ。

「なんでわかったんですか？」

「単純だからな」

それ、好きな人に言う言葉？

あっさり読まれているのだから単純なのだろうけど。

「お前はここから出るな」

私にくぎを刺した白蓮さんは、隣の鬼童丸さんに視線を送る。

「はっ、また余計な仕事を押しつけようとしてますね？」

「彩葉に行かせるわけにはいかないだろ？　豆吉では相手にされないだろうから、街に下りて、盗みにあった家に事情を話してこい」

「はぁ……せっかく昼寝でもしようと思ったのに」

鬼童丸さんが眉をハの字にして落胆している。それを見て白蓮さんはニヤリと笑った。

「あぁ、雪那と一緒にか？　それは悪かったな。街には俺が行く」

「一緒なわけがないでしょう？　わかりましたよ、行ってきます」

白蓮さんの勝ち。

鬼童丸さんは重い腰を上げる。

「それと、今晩は豆吉をここに泊めるから両親に連絡も」

「泊めるのですか？」

「勘介と仲がよさそうだったな。今日は勘介の部屋に泊める」

豆吉くんが自分には友達がいないと言ったからだ、きっと。

白蓮さんの配慮に感謝した。

それから鬼童丸さんはすぐに部屋を出ていき、豆吉くんは唖然（あぜん）としている。今まで誰にも信じてもらえなかったのに、あっさり解決しそうだから驚いているのかもしれない。

私は彼の横で白蓮さんに頭を下げた。

「ありがとうございます」

「彩葉に感謝されてもな。豆吉」

凛とした声で豆吉くんの名を呼ぶ白蓮さんは、一瞬視線をとがらせる。

「事情はわかった。同情もするが、かといって盗みを働いてもいいという理由にはならん」

「はい」

「もう二度と間違いはするな。それと、彩葉にきちんとお礼を言っておきなさい。そうしたことを怠らずにしていれば、きっと仲間は増える」

「わかりました」

豆吉くんはすっかり素直になって返事をしている。おそらくこれが本当の彼の姿なのだろう。

白蓮さんは立ち上がって部屋を出ていこうとしたが、障子を開けたところで立ち止まって口を開いた。

「俺は揚げ出し豆腐が好きだ。それに合う豆腐を今度届けなさい」

「はい！　一番いいのをお届けします！」

豆吉くんを助ける代償を要求しているのだ。それが陽の世のシステムだから。

でも、すごくかわいらしい要求でほっこりした。

その晩、布団の中でうとうとしていると、隣の部屋から白蓮さんと鬼童丸さんの話し声が聞こえてきた。

「白蓮さまは甘いですね。豆吉に罰を与えるべきだったのでは？」

「俺が甘いのは豆吉にではなく、彩葉にだ。あれほど切ない目で見つめられたら、温情もかけたくなる」

なにを言ってるの？

「あぁ、そうでしたね。前世から彩葉さまには敵わなかったですから。かくりよで最強なのはもしかしたら彩葉さまでは？」

「そうかもしれんな」

ふたりで勝手なことを……。聞いているほうが恥ずかしい。

「それで豆吉は？」

「勘介の部屋で大はしゃぎしておりました。友ができてうれしかったようです。ですが、和花にうるさいと一喝されていましたよ。女は強いらしい」

「だな」

白蓮さんの笑い声が聞こえてくる。

「彩葉さまはもうお眠りに？」

「寝ているんじゃないか？　でもまだうなされるのだ。彩葉には怖い思いばかりさせてしまったからな」

「はい」

「そろそろ隣に行って様子を見てくるよ。尻尾を欲しがるだろうから」

それきりふたりの声はやみ、部屋の障子が開いたので私はあわてて寝たふりをした。

部屋の中に入ってきた白蓮さんは枕元に座り、小声で話し始める。

「お前は昔からまるで変わらないな。もう一度惚れ直すじゃないか」

ちょっとこれ、とんでもなく照れくさい。

私は寝たふりをしたことを後悔した。

「彩葉は周りの者を守るのに忙しいからな。お前のことは俺が守る。安心して眠れ」

優しい声で囁かれて、今度は目頭が熱くなった。

豆吉くんが運んでくる豆腐は、しっかり大豆の甘みが残っていて濃厚だ。うつしよのスーパーでいつも買っていたものよりずっとおいしい。今日の晩ご飯は、白蓮さんの好きな揚げ出し豆腐に決まり。

前にも一度作ったが、白蓮さんは本当においしそうに食べてくれた。

「和花さん、ねぎを切っておいてくれる?」

「わかりました」

豆吉くん自慢の豆腐を水切りして、薄力粉と片栗粉を一対一の割合で混ぜた粉にまぶして揚げる。

この配合にすると、外がカリカリに仕上がる。それでいて中はふわふわなので、食感の違いも楽しめるのだ。

作り置きしておいただし醤油に片栗粉でほんのりとろみをつけ、あんにする。上には大根おろしとねぎを散らして完成。

「うわー、早く食べたい」

どうやら和花さんは揚げ物を作るのは得意ではないらしく、私がここに来るまでなかなか食卓には並ばなかったらしい。しかし彼女もこれが大好きだ。

食する機会がなかったのに白蓮さんが揚げ出し豆腐を好きなのは、うつしよに行った折にときどき食べていたからだとか。前回出したときに、鬼童丸さんに『こんなにうまいものをひとりでこっそり食べていたんですか？』と責められていた。

他には、豚バラ肉となすの甘酢炒め、ピリ辛こんにゃく、オクラのからしマヨネーズ和えなどを作り、今日も皆でワイワイ食べ始める。

「白蓮さま、揚げ出し豆腐食べすぎ！」

「勘介はオクラを食え」

白蓮さんと勘介くんが子供のような小競り合いをしている。

勘介くんは緑黄色野菜があまりお好みではないらしく、箸がなかなか伸びない。

「えー。僕も豆腐がいいです」

ふてくされる勘介くんの皿に、和花さんがオクラを盛った。

「これはおいしいから食べてごらんなさいよ」

彼女の助言で渋々オクラを口にする勘介くんを、固唾(かたず)をのんで見守る。

これでまずかったら、ますます野菜嫌いになりそうだ。献立を提案した私は責任重大。

「あれ、おいしい」

「でしょ？」

どうやら食べず嫌いだったようだ。

和花さんが自慢げな顔をしているのがうれしい。彼女はみるみるうちに腕を上げ、調味料の分量の指示はしたものの、オクラは彼女がこしらえた。

「でも！　豆腐も食べます！」

その隙に揚げ出し豆腐をパクパク口に運んでいる白蓮さんに気づいて、勘介くんが身を乗り出している。

この光景、家族団らんみたいでとても楽しい。

大はしゃぎの食事が済んだあとは、いつものように宿の器を下げに行く。私は真っ先に志麻さんのところに向かった。

食が細かった彼女だが、残さず食べてくれるようになってうれしい限りだ。

部屋の外に置かれていた器を持つときに音を立ててしまったからか、彼女が顔を出した。

「今日もおいしい食事をありがとう」

「どういたしまして」

最初はトゲトゲだったのにすっかりしおらしくなった志麻さんには、白蓮さんに頼んで買ってきてもらった化粧品一式をプレゼントした。

今日もうっすらと薄化粧を施しているが、とても美しい。それこそ雪那さんが嫉妬しそうなくらい。

「私、旅立つことにしました。もう一度始めます。今度こそ素敵な旦那さまをつかまえるの」

「志麻さんならすぐですよ。本当にきれいだもの」

彼女を利用した男が悔しがるほど幸せになってほしい。

「ありがとう。彩葉さまも、白蓮さまとお幸せに」

「えっ？　そう、ですね。あははっ」

すっかり白蓮さんに嫁入りするような言い方だけど、彼女の旅立ちの決意に水を差さないでおこうと、あいまいに笑ってごまかしておいた。

和花さんと勘介くんと一緒に後片付けを済ませたあとは、白蓮さんの部屋に向かった。

「彩葉です」

「入ってこい」

障子を開けると、彼は片肘をついて横になっていたが、すぐに体を起こした。

「うつしよでは食いたてに寝転がるとよくないと言うらしいな」

あぐらをかきながらそんなことを口にしている。

「食べてすぐに寝ると牛になるんですよ。狐から牛ってちょっとおもしろいかも」

「牛にはならん！」

こんなことでムキになる彼がおかしい。

「やっぱり狐がいいですか？」

「彩葉が好きなあやかしならなんでもいいぞ」

あぁ、また愚問をしてしまったようだ。『どれだけ私のことを好きなの？』とつっこみたくなるような場面だが、それこそ藪蛇（やぶへび）になりそうなので黙っておいた。

「眠い、ですよね。いつも尻尾をありがとうございます」

尻尾をありがとうだなんておかしなお礼だと思いながらも、頭を下げる。

「いや、大丈夫だ」

「でも、白蓮さんが倒れてしまわれては困るので、もう……」

私は尻尾に触れていると悪夢から解放されてぐっすり眠れるが、絶対に迷惑をかけているはずだ。私がうなされるたびに来てくれるのだから。

「そんな心配は無用だ。力は抜けるが俺にとってとても幸せな時間だからね」

「幸せな？」

「そうだ。彩葉が穏やかに暮らせるのが俺の望みだ。それを壊しているのも俺だけどな」

一瞬視線を伏せた彼は、悲しそうな表情を浮かべた。

たしかに、彼と関わりがなければ、首を絞められるなんていう衝撃的な出来事を経験せずに済んだだろう。白蓮さんの存在を知ってかくりよに来たときは、どうして私に関わるの！と強い反発心が芽生えた。しかしよくよく考えると、前世の私はかくりよに望んで来たわけだし、白蓮さんだけのせいではない。

それに前世で最期に口にした言葉が本当ならば、私が彼との再会を願ったのだし。

「私……こちらに来てよかったと心からはまだ言えません。やはり慣れた世界に戻りたいという気持ちが強いです。ただ、私の作った料理で皆が笑顔になるのを見ていると、とてもうれしくて……」

「彩葉の作る料理は本当にうまい。宿の者も喜んでいるそうだ。それに、あちらに帰りたいというお前の気持ちはわかっているつもりだ」

三百年も私を待ちわびたという彼の口からこぼれる言葉が切ない。しかし記憶がない私には、ここで生きていくことに不安がないとは言いきれないのだ。

「ただ、安易に帰せないというのもわかってほしい」

黒爛にまた襲われるということだろう。

「……はい。あっ、忘れてた！　ご報告が。志麻さん、ここから旅立たれる決心をされたそうですよ」

「そうか。彩葉が志麻を復活させたのだな。さすがだ」

「大げさです」

私は食事を作って化粧を施しただけ。けれど、役に立てたことは素直にうれしかった。

「彩葉。お前は境遇が境遇だっただけに、少々頑張りすぎたりこらえすぎたりするきらいがある。せめて今は心を緩めよ。夜眠れないのなら尻尾はどれだけでも貸してやる」

「ありがとうございます。でも、ふにゃふにゃでしたよ？」

「うるさいな。貸してやらんぞ」

彼は語気を強めたがクスッと笑っていた。

それから二日。

やはり夜はうなされて、そのたびに尻尾の力を借りることとなった。

負担をかけるからとどれだけ断っても、『彩葉がうなされているのに、のうのうと眠っていられるほど冷たくはない』と譲らない。尻尾に触れた直後は顔を真っ赤にして脱力しているくせして、『何度でもいいぞ』と優しかった。

今朝は、目を開くと白蓮さんが隣にいて飛び起きた。

いつもは私が眠ったのを確認したら自分の部屋に戻って眠る彼だけど、再び私がうなされたのでもう一度やってきてうとうとしてしまったらしい。

私は目覚めない彼をそのままにして、朝食作りのために台所に向かった。

今朝も和花さんは、私の手順を真剣に観察している。私が祖母の料理を覚えていた頃と同じだ。

調理が終わり皿に盛り始めると、和花さんが口を開く。

「この黒豆の煮物、大好評ですね」

「そうね」

ふっくらさせるために重曹入りのお湯で戻した黒豆の煮物は、大量に作ってもすぐになくなってしまうほど、皆好きなようだ。

早速大広間に運ぶと、箸休めとして作った黒豆を勘介くんがご飯にかけて口の中に流し込んでいる。鬼童丸さんに「行儀が悪いぞ」と叱られても、どこ吹く風だ。「止まりません！」とにこにこ顔の彼を見ていると、私まで口元が緩む。これだけ豪快に食べてもらえると作り甲斐もある。

楽しい朝食の片付けが終わり自室に戻ろうとすると、鬼童丸さんとすれ違った。

「ここの生活も慣れてきましたね」

「はい」

いい返事はしたものの、私がずっとここで暮らすことを前提として話しているようで、一瞬眉根を寄せてしまった。

「少し、お話をしましょうか？」

「え？」

「心に引っかかるものは吐き出しておいたほうがいいですよ」

なんて察しがいいのだろう。

私はうなずき、一応周りに雪那さんがいないことを確認してから彼に続いた。

鬼童丸さんは、私がまだ行ったことのなかった二階の西のほうへと進む。年月を感じる廊下ではあるが、手入れが行き届いていて味がある。

彼は立ち止まり、窓を開け放つ。すると風がふわっと入ってきて、私の髪を揺らした。

「ここ、ボーッとするには最適なのですよ」

「暖かいですね」

「天照大御神のご加護をよく感じられる場所です」

高台にあるここはとても景色がよく、あやかしの街を一望できる。陽の世一の大きな街は、かなりの数のあやかしが生活をしているとか。

「うつしよに帰りたいですか？」

「……はい」

いきなりの直球にたじろいだものの、素直にうなずいた。

「そりゃあそうですよね。白蓮さまもよくおわかりになっています。『嫁ぐつもりも、守ってもらうつもりもありません』とガツンと言われたと落ち込んでいらっしゃいました」

「あ……」

ここに来たばかりのとき、遠慮なく言い放った覚えはある。

「あぁ、でも大丈夫ですよ。彩葉さまに前世の記憶がないことはご存じですし。ですが、長きにわたり彩葉さまを捜し求めて、やっと見つけたときの白蓮さまの喜びようといったら」

彼はそのときのことを思い出しているのか、小さく笑みをこぼした。

「あっ、昔の話は気恥ずかしいからあまり言うなと口止めされているのですが……。聞きたいですか？」

もちろん聞きたい。

私はカクカクうなずいた。

「それでは続けましょう。止められてはおりますが、私は白蓮さまがどれだけ彩葉さまを大切に思われているか、彩葉さまに知っていただきたいんです」

白蓮さんの強い気持ちは感じているけれど、鬼童丸さんがこうして語気を強めるということは、私の想像以上なのかもしれない。

「はい。お願いします」

「三百年前。彩葉さまを亡くされて力の源を失われた白蓮さまは、黒爛と対峙することすら放棄しそうでした。魂の抜け殻とでもいいましょうか。もちろん激しい憤りはありましたが、彩葉さまがいなくなった代償のほうがずっと大きかったのです」

それほど悲しんでくれたのか。

両親や祖母を失い、心が潰されて無気力になった私と同じかもしれない。

「彩葉さまの『またいつか会いましょう』というお言葉だけを励みに生きてこられたのですよ。私たちは、死してもなお白蓮さまの心を支えていらっしゃる彩葉さまのことをさすがと思っておりました」

「いえっ、それは前世の私ですから」

過大評価されても困る。

「あの、ずっと疑問に思っていたのですが……」

「なんでしょう？」

「私、祖母の墓前で黒爛に会うまで襲われた記憶はありません。何度でも私を殺すチャンスはあったでしょうに、どうしてでしょうか？　私の存在に気づいていなかったからですか？」

それがずっと引っかかっていた。

「うーん。終わったことですからお話ししますと、何度も襲われそうになっていたのですよ、実は」

「え！」

「ここを長く離れることができない白蓮さまは、私や別のあやかしを彩葉さまのおそばに置かれました。あぁ、うつしよでアイドルとやらをしているあやかしも、最初は彩葉さまを守るために派遣されたのです。才能を開花させまして、任務は外れましたが」

私はしばし言葉を失った。

それって、あの川下友久さんのこと？　あの国民的アイドルが私の護衛？

「黒爛の手下くらいでしたら、私がいれば追い払えます。ただ、黒爛自身が相手となると白蓮さまのお力が必要ですので、時間稼ぎをしてかくりよから呼ぶということを繰り返しておりました。おばあさまの納骨の日も、臣下のあやかしが黒爛と対峙したものの力及ばず、白蓮さまに知らせに走ったのです」

「そうでしたか。そんなご迷惑を……」

まったく知らなかった。

「少しも迷惑ではありません。私たちにとっても彩葉さまは大切なお方ですから」

鬼童丸さんにまでそう言ってもらえるとは思わなかった。

「おばあさまが亡くなられてからは、白蓮さまは彩葉さまを大変ご心配になり、何度もうつしよに足を運ばれていました。彩葉さまが神社で襲われた日は、黒爛が陽の世に現れたとの情報が入り、いったんかくりよに戻られたのです。ですがそれが罠だとわかり、すぐにうつしよに向かわれました」

それほどまでに気遣ってくれていたとは。

「向かう途中で黒爛の羽を受けた臣下に彩葉さまの一大事を聞き、無我夢中で駆けつけたとか。でも、彩葉さまに怖い思いをさせてしまったと後悔されています」

「後悔って……」

助けてくれたのだから、そんなふうに思わなくてもいいのに。白蓮さんは優しすぎる。

「そのケガをしたあやかしは？」

「大丈夫ですよ。解毒剤が効きましたし、傷も数日で癒えました」

「よかった……」

私のせいで傷ついてほしくない。

「白蓮さまが夢中になられるのもわかる」

「ん？」

「彩葉さまは昔からとてつもなく心が広く、誰にでもお優しい方でした。臣下のケガまで気にされて……」

「ケガを気にするのは、当然でしょ？」

私を守るために奮闘してくれたのに、知らないふりなんてできない。心が広いからというわけじゃない。

「月の世では、私たちのような立場の者はただの捨て駒です。でも、彩葉さまはいつもケガをした者の手当てを率先してされる方でした。白蓮さまも彩葉さまと同じ。私たちを大切にしてくださる。仕事は容赦なく押しつけられますけどね」

白い歯を見せる彼は、とても穏やかな顔をしている。

それにしても、捨て駒だなんてひどすぎる。

「実は、白蓮さまは彩葉さまのご両親が亡くなられたときもひどく落ち込まれていたんですよ」

「私の両親が亡くなったときって？」

どういうこと？

「白蓮さまは、彩葉さまをなんとか救い出すことはできましたが、ご両親は間に合わなかったそうで……」

「え……」

私が五歳の頃、山道で父がハンドル操作を誤ってガードレールを突き破り、崖から三十数メートル下に転落した。大破した車から助かったのは私ひとりで、しかもかすり傷ひとつなく車外で泣いていたため、〝奇跡の子〟と新聞で騒がれたと祖母にあとで聞いた。

あれっ？　あのとき……地面に叩きつけられる寸前で、誰かに車から外に引き出されたような。

うっすらと記憶が戻り、ハッとする。

私に手を差し出したのは白蓮さんだったの？

墓苑で会ったとき、彼は私に『間に合わなくてすまなかった』と口にした。あれは、父と母を助けられなかったことを言っていたんだ。

「白蓮さまは彩葉さまの大切なご両親を救えなかったという後悔で、しばらく食事ものどを通らず……。ですがある日、どうやら彩葉さまのおばあさまに人ならざるものだと知られたようで」

祖母は白蓮さんが妖狐だと知っていたの？

驚きのあまり、目を瞠る。

「待ってください。白蓮さんはただのお客さんじゃなくて、深い付き合いがあったのですか？」

「白蓮さまはご両親を一度に亡くされた彩葉さまのことが心配で、最初は客として桜庵に通っていらっしゃいました。でも、深く傷つきおばあさまが店に立つ間も泣き通しだった彩葉さまが、白蓮さまの姿を見て落ち着かれたとか」

そんなことがあったんだ……。

「彩葉さまが大事故にもかかわらず無傷で助かったこともあり、おばあさまは白蓮さまを神使ではないかと思われたようです」

神使って……。

私は事故のショックのせいか、あの頃の記憶があいまいでよく思い出せなくなっている。その頃に白蓮さんは桜庵に通っていたということか。

「詳しくは話されませんが、白蓮さまはおばあさまから彩葉さまを託されたとか。その日を境に、彩葉さまを必ず守ると奮起されて今に至ります」

まさか、祖母がそんな秘密を抱えていたとは。

もしかして、あのかくりよにつながっていた神社にお弁当を奉納していたのは、私を守ってくれる白蓮さんへの感謝もこもっていたの？

「最近になって黒爛が躍起になりだしたのは、おばあさまがお亡くなりになったからでしょうね。白蓮さまは、彩葉さまがうつしよで穏やかに暮らされているのなら、自分はそれを見守るだけで幸せだと、こちらに連れてこられるつもりはありませんでしたから」

「そうなんですか？」

いきなり『嫁になれ』と私に告げた彼だけど、それは祖母が亡くなり私がひとりになってしまったからなのかもしれない。墓前で口説こうとするなんて軽い男だと軽蔑したが、あれは祖母に私を守ると宣言したかったのかも。

ナンパ師だと思ってごめんなさい……。

私が考えていたよりずっと白蓮さんは思慮深く、そして温かいあやかしだった。

「白蓮さまは彩葉さまのおそばにいられて、かなり力が増大しています。できれば月の世でひどい扱いを受けているあやかしたちを救いたいと思っているほどです。ですが、ここにいることが彩葉さまにとって幸せでないのなら、他のことは二の次です。ただ、黒爛が本格的に彩葉さまを狙い始めた今、うつしよにお戻しすることもできなくて苦しんでおられます」

「苦しんで……」

まったくそんなそぶりは見せないが、過去の話を聞いていると、鬼童丸さんの言うことが間違いではないような気がする。

「私がもしこちらに残ると決めたら、もううつしよには行けませんか？」

「いつでも行けますよ。買い出しに行くあやかしもいるでしょう？」

そういえば、欲しいものを頼めばすぐにうつしよでそろえてきてくれる。

「そうでした」

「あぁ、アイドルとなったあやかしも、しょっちゅうこちらに来ておりますし」

「いつ⁉」

特別彼のファンだったわけではないが、近くにいるかもしれないという事実に興奮を隠せない。

「あははは。ここではあのあやかしより白蓮さまに会いたい者のほうが多いというのに。今度聞いておきましょう」

それは驚愕のひと言だ。白蓮さんの人気は国民的アイドル以上なの？

「その話はひとまず置いておいて。白蓮さまもうつしよを気に入っていらっしゃるようですし、ちょっとねだればいつでも連れていってくださるはずです。白蓮さまは彩葉さまには弱いですからいちころですよ、きっと」

彼にふわっと笑われて、なんだか恥ずかしくなった。

それからさらに二日。私はこれまで通り、かくりよでせっせと料理を振る舞っていた。

今日の夕飯は、高野豆腐の肉詰めに筑前煮、そしてカボチャの煮物。高野豆腐の肉詰めは私も大好きで、噛んだときに口の中に広がる甘辛い汁と肉の旨味がたまらない。筑前煮はにんにくが隠し味。鶏肉を炒めるときに潰したにんにくを一緒に入れると、味にコクが出る。これも祖母に教わった裏技だ。

「はー、このにんじんはおいしいです」

緑黄色野菜が苦手な勘介くんが、自ら進んで手を伸ばすのは初めてのことだ。

「よかったー」

「彩葉。好き嫌いするヤツには食わせなくていいから」

白蓮さんのひと言にギョッとして勘介くんの箸が止まった。

「勘介。俺の言うことは絶対だからな」

「そんなぁ……」

ガクンと肩を落とす彼を見て、鬼童丸さんが笑いを噛み殺している。

勘介くん、あなたの体を心配する白蓮さんの親心なのよ。

もう少しうまい言い方をしてあげればいいのにと思うが、これが白蓮さんなのだ。

彼は私にもときどき意地悪な言葉を吐くものの、それにはすべて理由がある。しかし、言い方が言い方なので、なかなか気づけないのだろう。

自分たちの食事が済んだあと宿の器を回収に向かった。私が志麻さんの部屋の前まで行ったとき、ちょうど戸が開いた。

「今日もおいしかったです。ごちそうさま」

「お口に合ってよかったです」

彼女は街での住まいも無事に確保できて、白蓮さんの口利きで着物店でのお針子さんの仕事も決まり、明日旅立つことになっている。

「白蓮さまにもう一度謝罪しましたら、改めてお許しをいただき……」

彼女は感極まった様子で涙を目に浮かべている。

「まさか住まいや仕事の世話までしていただけるとは。すべて彩葉さまのおかげです。本当にありがとう」

ポロリと涙をこぼしながら頭を下げる彼女にあわてる。

「いえいえ。志麻さんがお元気になられて、本当によかった。つらいことがあったらまたご飯を食べに来てください。今度は皆でワイワイ食べましょう。あっ、取り合いなので頑張らないとすぐになくなりますからね。いつでも待ってます」

「はい」

涙を流しながらも最高の笑顔を向けてくれた彼女を見て、私の心も満たされていた。

空の器を台所に運ぶ途中でふと足が止まる。

「私……」

無意識だったが、志麻さんに『いつでも待ってます』なんて言ってしまった。

ずっとかくりよにいるつもり？

改めて自問自答してみると、すでに答えが出ている気がしてハッとする。

私はここが心地いいんだ。作り笑いを浮かべ空元気を出して通っていた高校よりもずっと楽しくて、なにより私が作った料理で笑顔になるあやかしたちがいる。必要とされているという空気が心地よくてたまらない。

私は答えを辛抱強く待ってくれているだろう白蓮さんのもとに向かった。

「白蓮さん、彩葉です」

いつものように廊下から声をかける。すると、すぐに障子が開いた。

「来ると思っていたよ」

「どうしてわかったんですか？」

「さあな」

彼は頬を緩めて「入れ」と促したあと障子をぴしゃりと閉める。

窓辺に座った彼は空を眺めている。私は近くまで行って正座した。

「陽の世には月がない。慣れないだろう？」

「でも、鬼火のおかげで行灯に不自由しませんし、問題はありません。たまには満月を見たいですけどね」

　鬼火は私たちの前に姿を現さない恥ずかしがり屋のあやかしだが、この宿の火に関することはすべて請け負ってくれている。

「そうだな。月見というのは最高だ」

　彼は懐かしむような表情をしている。

「お月見をしたことがあるのですか？」

「一度だけ。お前が幼い頃、桜庵で月見団子と日本酒をいただいた。あのときの満月は、本当に美しかった」

　彼が祖母との思い出を語るのがなんだかうれしい。

「祖母は、白蓮さんがあやかしだと知っていたんですね」

「あぁ。あの人はあやかしよりも鋭い千里眼を持っている。そして誰よりも彩葉のことを愛していた。亡くなられて残念だ」

　彼は私を見つめて困った顔をする。祖母の死を悼んでもらえてありがたい。

「事故のとき、助けてくださったとか」

「聞いたのか？」

「はい。鬼童丸さんに」

「そうか。両親も救えればよかったんだが……」

彼は悔しそうな顔をして唇を噛みしめる。

「父と母が死んでしまったのは本当につらかった……。でも、白蓮さんが助けてくれなければ、私はここにはいません。ありがとうございました」

両親を失った悲しみは、いつまで経っても消えることはない。けれど、彼が手を伸ばしてくれたおかげで私はこうして生きている。

「お礼なんていらない。ただ彩葉には両親の分も生きてほしい」

まさか、私をずっと見守ってくれている人がいるとは知らなかった。祖母を失い失意のどん底にいたときは一緒に逝きたかったと思ったが、今は守られた命を大切にしようと思っている。

「はい。でも、最初から祖母と深い交流があったことを教えてくれればよかったのに、どうして濁したんですか？」

ここ来たばかりのとき、桜庵の料理がおいしかったから通っていたとしか教えてくれなかった。

「桜庵の料理に癒されていたのは嘘じゃないぞ」

「そうかもしれないですけど……」

「あのとき、お前は混乱していたじゃないか。ここがかくりよで、俺たちがあやかしで……俺と彩葉が前世で夫婦だったことを呑み込んでもらうのが先だった」

たしかに、とんでもない情報ばかりで、まったく心の整理がつかなかった。

「それに、覚えていないということは、忘れようと働いた力があるということだ。無理に引き出す必要はない」

「え……」

そういえば、祖母も私の幼い頃の記憶があいまいなことを、両親の事故を忘れたかったからではないかと言っていたことがあったが、そういうこと？

「そう、ですね……」

思い出さないことに意味があるのなら、全部知る必要はないのかな。

「それじゃあ……祖母の墓前で私に求婚したのは、祖母の前で私を娶ると操を立てたかったからですか？」

別の質問を投げかけると、彼はふと表情を崩してうなずいた。

「さすがは、ばあさんの孫だ。なかなか鋭い」

私にとっては『俺の嫁になれ』なんて突然すぎるプロポーズだったが、彼にしてみれば何百年も私を捜し続けてようやく口にできた言葉だったのだ。

「そうでしたか……」

あのときは頭に血が上ったけれど、深い考えがあったと知った。

「あっ、そうそう。志麻さんが、いよいよ明日宿を去るとか」

「それを聞いたからここに来たんだろ？」

「はい。私、志麻さんにお礼を言われました。そのとき思ったんです。うつしよでなくても——かくりよでも私にできることはいろいろあるんだなと」

胸の内を伝えると、彼は頬を緩める。

「最初は不安しかなかったのに、私の料理を取り合いして食べてくれる仲間がいて、元気を取り戻すあやかしがいて……。たいしたことはできないのに、皆私のことを温かく迎えてくれているようで心地よくて」

「当たり前だ。皆、彩葉が戻ってくるのを待っていたんだぞ。鬼童丸はもちろん、勘介も和花も、いつか会えると首を長くして」

黒爛のような残忍で冷酷なあやかしがいる一方で、白蓮さんをはじめとするここのあやかしは皆温かい心を持っている。私はその中に入れてもらえて、ようやく自分らしさを取り戻すことができたような気がしている。作り笑いではなくお腹の底から笑い、ときには苦しくなることもあるけれど、それをごまかさなくていい。

「人間でも、仲間に入れてもらえますか？」

問いかけると、白蓮さんの目が大きくなった。

「かくりよで暮らしてもいいと？」

「そうです。私、ここにいてもいいですか？」

そう伝えれば、彼の顔に喜びが広がっていく。

「それを望んでいるのは俺のほうだぞ。本当にいいのか？」

「はい。だって、白蓮さんは三百年も私を待っていたなんて言うし……」

そこまで口にしたところで、本当に一途なんだなと他人事のように感心してしまった。

雪那さんの鬼童丸さんへの恋心もそうだが、あやかしって人間より純粋なのかも。

「そうだ。長かった……。でも、お前は必ず戻ってくると信じていた。それで、嫁になるのか？」

「そうは言ってません。その件は保留です」

そんなに大切な決断を一度にいくつもできない。

白蓮さんの私を想う気持ちは胸にズドンと突き刺さっているし、優しさは身に染みている。けれど、結婚――しかもあやかしとの――なんて考えたこともなかったし、彼の気持ちが真剣だからこそ慎重に自分の気持ちを見極めたい。

「なんだ。なかなか頑固なところも前世と同じだ。そういうところは変わっていてもよかったのに」

彼は、ふぅ、と大げさにため息をついているが、目は笑っていた。

「あっ、鬼童丸さんがいつでもうつしよに行けると言っていましたから、やっぱりかくりよやーめたというのもアリですよ」

「まったく。ここで俺を脅せるのはお前くらいだ。そうならないように今後も善処する」

白い歯を見せる彼と微笑み合うこの時間は、私を幸せな気持ちにした。

尻尾の効力

豆吉の件をあっさり解決し、志麻の頑(かたく)なな心を溶かした彩葉はさすがだった。

彼女が志麻に罰を与えてくださいと言いに来たときは目を丸くしたが、俺が知る限り、一番優しくて温かい罰だった。

そんな志麻が、もう一度やり直すと決めて俺に改めて謝罪したとき、『彩葉さまのおかげです』と盛んに言うのを聞いて、鼻が高い思いだった。

彩葉が俺の部屋を訪ねてきたのは、志麻が旅立つ喜びを伝えるためだと思っていた。

それなのにかくりよに残ると言いだしたので、正直顎が外れそうだった。

彩葉がここに来てから、勘介も和花も異常なほどにテンションが高く、勘介に至っては下手な鼻歌まで歌っているのでうっとうしくてたまらない。しかし鬼童丸までも笑顔が増えたし、和花の料理も上達した。まあ、約一名不機嫌なヤツはいるが事情が事情なので除外しておく。

なにより、俺の心が穏やかだ。

毎晩尻尾に触れられるというちょっとした拷問――弱々しい自分を見られるという意味で――はあるが、幼い頃のように包み込んでやれることに、幸せを感じていた。

だから彩葉の選択に歓喜し、にやけるのを必死にこらえなければならないほどだった。

嫁入りは拒否というオチはついていたが……。


その翌日。

かくりよにとどまることを決めた彼女が、一度うつしよに戻りたいと訴えてきた。身の回りのものや、ばあさんと両親の位牌を取りに行くということだったが、学校に退学の手続きもしたいのだとか。

ちょうど春休みという長い休みだったため、彼女が長きにわたりうつしよにいなかったことは気づかれていないようだ。

クラスの仲間とはそれなりにうまくやっていたらしいが、馬が合う友人とまではいかなかったと言っていた。

あっさりと退学届というものを提出してきた彼女は、校門の外で待っていた俺のところに駆け寄ってきた。

「お待たせしました」

「ずいぶんさっぱりしているな。本当によかったのか？」

「はい。ずっと苦しかったんです。クラスメイトが両親のいない私に気を回してくれたのにはすごく感謝しているんですけど……。なんというか腫物扱いで、同じ土俵には立たせてもらえなかったなーと」

彼女は校舎を振り返り、じっと見つめる。

「私は普通に振る舞っても、ことあるごとに気を使わせて微妙な雰囲気にもなるし、かわいそうって言われるのに疲れちゃった……」

かわいそうと言われれば言われるほど、そうじゃないと虚勢を張っていたんだろうな。

「祖母が亡くなってからは、もうかわいそうでいいやって割り切ったら、今度は笑っている意味がわからなくなって。あー、私って面倒ですね」

彩葉は自嘲しているが、両親の死からよくここまで踏ん張ってきたと思う。

「まだまだ甘いな。俺なんて三百年も彩葉をあきらめきれずに待ち続けた面倒な男だぞ」

「ほんとだ。最高に面倒なあやかしがここにいる！」

彼女がようやく弾けた笑顔を見せるので、俺の頬も緩んだ。

それからふたりで墓参りに行った。

目を閉じて手を合わせたまましばらく動かなくなった彼女が、両親やばあさんとなにを話していたのかは知る由もない。しかし、目を開いたときには実にすがすがしい表情をしていたので、かくりよに行くことに後悔はないのだと感じた。

寂しくなったらまた戻ってくればいい。

そのあとは桜庵に向かった。

「白蓮さん、夜までここにいてもいいですか？」

「かまわないが、なにか用があるのか？」

「今日は満月なんですよ。ふたりでお月見しませんか？　私、なにかお料理を作りますから」

そういうことか。

「それはうれしい。そうしよう」

カウンターの向こうでトントントンと軽快に包丁の音をさせ始めた彩葉を見ながら、俺は昔のことを思い出していた。

俺がこの店を初めて訪ねたのは、彩葉の両親の事故のあと、ばあさんが店を再開した日のことだった。

――二月の雪が降りそうなほど寒い日。

間一髪、事故現場で彩葉を助けた俺は、人間の救助が来るまで、気を失った彼女が凍えないように尻尾でくるんで温め続けた。

救助が来て俺は姿を消したが、両親を一度に亡くした彼女のその後が気になって仕方なく、店の再開と同時に客を装って訪ねるようになった。

ばあさんは店の奥の部屋で彩葉をあやしていたようだったが、彼女はすぐに泣きだして、なかなか料理に手が回らない。そうしていると、しびれを切らした客が次々に帰ってしまう。それでも、ばあさんは店よりも傷ついた彩葉優先で奔走していた。

一方の俺は、今度こそ守ると決めた彩葉の大切な両親を助けられなかったという後悔で食事ものどを通らない。

店でも料理を数品注文するものの、ほとんど飲み込むようにして胃に送っているような状態で、あとは日本酒をちびちびと口にするばかりだった。

「お待たせしてすみません」

「かまいませんよ」

通い始めて一カ月。その日も他の客は帰ってしまい、俺だけになった。

俺も帰れば店を閉めて彩葉の世話に専念できるかもしれないと考えたが、客がいなくては商売は成り立たない。

まだ最初に頼んだ料理を食べ終えていないのに、ばあさんに追加の料理と日本酒を出してもらったとき、再び彩葉がすさまじい勢いで泣きだした。

「行ってあげてください」

「ごめんなさい。あの子、尻尾、尻尾とわけのわからないことを言ってずっと泣いているんです」

そう言い残して奥に入っていったばあさんのうしろ姿を呆然と見つめる。

「尻尾……」

もしかして彩葉は事故のときのことを覚えているのか？

その次の日もまた次の日も、彩葉の泣き声は収まらず、客も徐々に減っていく。

彼女をあやしながら店を切り盛りしなければならないばあさんは疲れきっていた。

しかし、意外にも口にするのは愚痴ではなく彩葉の心配ばかり。

「あの子、夜もあんな調子で。寝ついてはすぐに泣いて目を覚ますんです。以前は食欲旺盛だったのに、今は口に入れてもべえっと吐き出すから、みるみる痩せてしまって……」

常連になったことで少しずつ気を許してくれるようになったばあさんが、俺に漏らした。

「それは心配ですね。他の客もいませんし、ここに連れてこられては？」

俺は彩葉の顔色も見たくてそう提案した。

ばあさんが泣き疲れてぐったりしている彩葉を抱いて現れると、俺は血の気が引いた。助けたときの彼女の面影がどこにもなかったからだ。

子供らしい丸みを帯びた体はギスギスにやせ細り、赤みをさしていた頬はこけている。

「病院には？」

「昼に連れていきまして、点滴は打ってもらっています。これ以上食べられないなら入院だと。もしかしたら近く店を閉めるかもしれません」

俺は彩葉の命が風前の灯火となっていることに愕然とした。なんとか彼女だけでも救えたと思っていたのは間違いで、両親を失った彩葉が生きる力を失っていることは一目瞭然だったのだ。

しかし、うつろな目で俺を見つめた彩葉が「尻尾」と小さな声でつぶやいたとき、彼女があの日のことを覚えていると確信した。

彩葉は俺の顔を見ると、安心したようにすーっと眠りにつく。

驚くばあさんは、座敷に彼女を寝かしたあと、頼んでもいないだし巻きたまごを出してくれた。

「私、おかしなことを言うかもしれませんが、聞いていただいてもいいですか？」

「はい」

ばあさんが深刻な顔をして妙な前置きをするので緊張が高まる。

「彩葉の両親は事故で亡くなりました。大きな事故でしたのに、彩葉が無傷で助かったのは奇跡だと警察の方に言われました。神さまが助けてくれたくらいでないと説明がつかないと」

たしかに、両親は即死だった。あのまま俺が助け出さなければ、彩葉も同じ運命をたどっていただろう。

「両親がいないとわかると、彩葉は狂い泣くようになりました。まだ両親が必要な年頃ですから、無理もありません。でも、そのうち尻尾と口にするようになったんです。最初はなんのことかまるでわかりませんでしたが、尻尾が助けてくれたとしきりに言うので、あの事故から彩葉を守ってくれたなにかがいるのではないかと思いました」

ばあさんの視線は俺に向いたままで逸らされることはない。まるでその尻尾の持ち主が俺だと見抜いているかのようだった。

「そんな話、信じられないでしょう？　でもお客さん、あの事故のあとから通ってくださるようになりましたよね。それで、もしかして……なんて思ってしまって。どこかの神社の神さまのお使いではないかなんて。今も、こんなに穏やかに眠りについたのは事故以来で……」

俺はそれになんと返したらいいのかわからなかった。神の眷属ではないが、妖狐であることには違いないのだから。

しかし、それを明かすべきか否か。

「ごめんなさい。バカなことを言ってますよね。でも、彩葉まで失いたくないんです」

気丈に振る舞っていたばあさんが、初めて涙をほろりとこぼした。

「彩葉さんは、いつもどの部屋で眠っていますか？」

「えっ……。今は二階の東側の部屋に私と一緒に」

「今晩は、ひとりで寝かせていただけますか？」

もしかしたら、また尻尾に包んでやれば眠るのではないかと考えたのだ。

「……はい。どうかよろしくお願いします」

ばあさんはなにも聞かずに俺の言う通りにしてくれた。

聞いていた部屋に姿を現すと、布団の中の彩葉が眉間にシワを寄せて顔をゆがめているのがわかった。

「彩葉」

小さな声をかけたが反応はない。

「尻尾でいいのか？」

本当は尻尾に触れられるのは大の苦手だ。しかし彼女が求めているのなら、それくらいはいくらでも我慢できる。

すぐさま九本の尻尾を出して彼女を包み込む。すると小さいくせして力強く握りしめてきたので、案の定ふにゃっと力が抜けてしまった。けれど、苦悶の表情を浮かべていた彼女がすやすやと眠り始めたのを見て、これでよかったのだと感じる。

「彩葉、ごめんな」

三百年待った。

彩葉が必ずまた生まれ変わってくると信じていた俺が、妙なそわそわを抑えられなかったあの日、彼女は生まれた。うまくは言えないが、彼女から発せられる気のようなものを受け取った俺は、うつしよに走り念願の再会を果たした。

とはいえ、まだ赤子の彼女が本当にあの彩葉なのかと疑うこともあったが、両親から〝彩葉〟という名前を授かったと知ったときは、雷に打たれたような衝撃とともに喜びが込み上げてきたのを覚えている。

そして、彼女との間に交換される気のようなものは成長するにしたがって強くなり、間違いなく彩葉が帰ってきたのだとわかった。

俺は喜び勇んだが、彩葉はそれから両親を一度に亡くすという壮絶な経験をした。前世でむごい死に方をさせてしまったのに、まだ苦しまなければならない彼女の運命を呪いたくなる気分だった。

かくりよで彩葉を失って、俺も気が狂いそうになるほど苦悶した。それと同じような経験をこんなに小さな体で受け止められるはずもない。

今度こそ必ず守ると決めていたのに、黒爛が虎視眈々と月の世の勢力を増大させようとしているかくりよから常に離れていることもできず、このありさまだ。

もちろん、臣下のあやかしに交代で彼女を監視させてはいたが、足りなかった。もっと厳重に守るべきだったのに、甘かったのだ。

尻尾に包まれて疲れきった彼女が眠っているのを見ると、胸を引き裂かれそうになるくらいつらい。

そっと頭をなでた瞬間、「ママ」と小さな声でつぶやかれていたたまれなくなった。

俺は彼女の隣で、朝日が昇るまでうとうとしてしまった。

なにかに引っ張られている気がして瞼を持ち上げると、クリクリの目をした彩葉が俺をじっと見つめている。

しまった。彼女が目覚める前に姿を消すつもりだったのに。

「あの、だな……」

「尻尾！」

どう取り繕うか考えていると、彩葉は俺の胸めがけて突進してきた。そして抱きついて離れようとしない。

「眠れたか？」

「うん。もう帰る？」

「そうだな。だが、彩葉がばあさんの飯をちゃんと食えたらまた来よう」

「ほんとに？」

首を〝く〟の字に曲げてまっすぐな眼差しを送られては、嘘などつけるはずもない。

「あぁ、約束だ」

それから〝指切りげんまん〟といううつしよの約束の儀式をして、俺はいったん姿を消した。

「白蓮さま」

外に出ると鬼童丸が待ちかまえている。

「なんだ？」

「少しお休みください。彩葉さまには私がついております」

「いや。俺が守らねば」

もう二度と彼女の命を危険にさらすようなことがあってはならない。

「ですが、あれからお食事の量も極端に減っておりますし。白蓮さまがお倒れになるようなことがあれば、それこそ彩葉さまはお困りになります」

そうだろうか。彩葉は俺に出会ったばかりに、こんな過酷な運命を背負ってしまったのではないのか？

しかも、この先必ず黒爛の手が彼女に伸びる。いっそ俺がいなくなれば、今後は平穏に暮らしていけるのでは？

陽の世を守ることが俺の仕事だったのに、彩葉のやつれた姿があまりに衝撃的で、ふとそんなことを考えていた。

それからかくりよは鬼童丸に任せて、俺は常に彩葉の近くにいた。

俺の不在をいいことに、黒爛が陽の世の一部を月の世に取り込むべく動いていると報告を受けても、気もそぞろだった。俺の頭の中は彩葉でいっぱいだったのだ。

彼女の強い悲しみを近くで感じていると、両親を守ってやれなかったという自責の念にさいなまれて、ますます食欲がなくなっていった。これでは彩葉に注意できる立場ではない。

ばあさんは、俺が尻尾の持ち主であることにうすうす気づいてはいるが、下手な勘繰りは入れてこない。彩葉が元気を取り戻すならそれでいいと思っているようだった。

しかし、そんな生活が半月くらいした頃、いつものように桜庵で酒を頼んだのに、出されたのはだし巻きたまご。

もうすっかり客足が遠のき、俺ひとりしかいないので、注文を間違えたということはない。

「いや、あまり食べる気が起こらなくて」

「どんな事情があるかはお聞きしません。でも、彩葉のことをずっと以前からご存じなのでは？　だからこんなに親切にしてくださる」

鋭い質問に目が泳ぐ。

「彩葉は不思議な子でした。幼い頃から時折窓の外を眺めてはボーッとするのが習慣で。おっとりした子なんだろうと話していましたが、いつもなにかを捜しているようでした」

「捜して……」

「絵本を選ばせても、おもちゃ屋に連れていっても、狐にくぎづけ。あの子の両親と冗談で、『お稲荷さんの神使なんじゃ』と言っていたくらいでした」

もしかして前世の記憶がうっすらと残っているのだろうか。

「そんなわけないと思っていましたけど、事故のあと、『尻尾、尻尾』と泣くのを見て……」

ばあさんはその先を口にしなかったが、俺をじっと見つめていた。俺が人ならざるものだと確実に気づいている。

「彩葉は泣き叫ぶことも少なくなり、食事も口にしてくれるようになりました。それはすべてお客さんのおかげだと感謝しています。ですがもし、お客さんが彩葉になんらかの役割を与えたのだとしたら、あの子が元気に育つようにきちんと責任を取ってください」

強い口調でとがめられ、言葉を失った。その通りだ。

「とんでもないことを言ってますよね。でもあの子はなにか運命のようなものを背負って生まれてきたんじゃないかと思うんです。まるでおとぎ話ですけど」

ばあさんはふと口元を緩めた。

「どんな形であれ、彩葉にはこれ以上苦しむことなく成長してほしいんです。今日お出しする料理はすべて食べてくださいね」

「えっ？」

予想外のことを言われて、目を瞠る。

「お客さんが元気でないと、彩葉はどうするんですか？　また眠れない夜を繰り返さなければなりません。彩葉を巻き込んだのなら、守ってください」

ばあさんの叱責に目頭が熱くなる。

鬼童丸と話をしていて、いっそ自分がいなくなれば彩葉はかくりよという世界に左右されることなく平穏に暮らしていけるかもしれないという考えが頭をよぎったが、それではただ逃げているだけ。

彼女と出会ったことは決して消せない事実だし、消したくもない。今度こそ俺が守るべきなのだ。

「揚げ出し豆腐もいただけますか？」

「はい、もちろん」

俺は、ばあさんが調理している間に、だし巻きたまごを口に運んだ。

最初にガツンとだしの旨味が口に広がるこの味は生涯忘れないだろう。

「うまい。……私が必ず彩葉さんをお守りします」

「お願いしましたよ」

なんと寛容な人なのか。俺が人ならざるものだと気づいているのに、大切な孫娘を託してくれる。それならば、期待に応えるまで。

その晩も、彩葉の眠る部屋へと向かった。

いつもはうなされながら寝ているのに、彼女の目はパチッと開いていて、俺を見ると一目散に駆け寄ってきて尻尾に飛びついた。

あぁ、彩葉。心の準備をさせてくれ。

いきなり来られては力が抜けるのをこらえきれず、ガクッと膝から落ちてしまう。

「尻尾！」

腕の中ではなく尻尾に飛び込まれることに苦笑はするが、彼女に安心を与えられるならそれでもいいか。

「眠っていなかったのか？」

「待ってたの」

「待ってた？　どうして？」

フニフニと感触を確かめるように尻尾をなでられて、くすぐったいようなムズムズ感でいっぱいになりながら尋ねると、彩葉は俺を見てニッと笑った。

あの事故以来笑顔を見たのは初めてだった。

「来てくれてありがとう」

「彩葉……」

まさかお礼を言われるとは。そのために起きていたのか？

「でもおばあちゃんが、尻尾さんが疲れちゃうからそろそろ終わりにしてねって」

ばあさんがそんなことを？

「彩葉はね、嫌だって言ったの。でも尻尾さんが疲れちゃうのも嫌なの。おばあちゃんが、尻尾さんは来なくてもずっと近くにいてくれるって。本当？」

つぶらな瞳で見上げられ、たまらない気持ちになる。

この先も毎日こうしていてやりたいが、やはり俺はかくりよのあやかしたちも守らなければならない。本来の仕事を忘れていては、前世の彩葉に叱られそうだ。

「あぁ、本当だ。彩葉が呼べばすぐに来る。また尻尾をさわりたくなったら呼べばいい」

彼女の頭をなでながら伝えると、「うん！」と目を輝かせた。

俺はこの笑顔を守る。絶対に。

「今日はいい？」

「いいぞ。……あ」

また勢いよく尻尾に飛びつかれて腰が砕ける。

しかしたまらなく幸せな時間で、体に力がみなぎっていくのを感じたのだった——。


その日以降は、陰から見守るだけだった。というのも、彩葉が元気を取り戻し、尻尾を必要としなくなったからだ。

ただ、窓から外を眺める彼女が「尻尾さん、いる？」とよく語りかけてくれていたことは、護衛をさせていた鬼童丸たち臣下から聞いている。俺はうつしよに足を運ぶたびに、心の中で『ここだ』と返事をして、ずっと見守ってきた。

「お料理できましたよ。窓際の席で食べましょうか？」

彩葉が幼い頃の出来事に思いを馳せていた俺は、彼女の声で我に返った。

「おぉ。腹が減った」

「祖母のド定番と白蓮さんの好物を用意しました。だし巻きたまごとほうれん草の胡麻和え、あとは桜庵風チキン南蛮！」

これほどの料理をあっという間にこしらえてしまうのだから、彩葉は本当に器用だ。

和花に作らせると、同時進行はできないらしく一品ずつ順に作るので、すべてができる頃には最初の料理は冷めている。

「彩葉のだし巻きたまごは本当にうまい」

座敷の席に移り、座卓に並べられた料理を見て漏らす。

「祖母に徹底的に仕込まれたんですよ。口の中で溶けるようなふわふわ感を出すのは意外に難しくて」

料理をしているときの彩葉の表情はとても柔らかい。料理が好きだと伝わってくる。

「ばあさんにも食わせてもらったな、だし巻きたまご」

俺は叱られたときのことを思い出しながら、しみじみと言った。

「祖母はとっても厳しい人でしたけど、とびきり優しかった」

「あぁ。そして、とてつもなく器の大きな人だった」

「よくご存じなんですね」

「世話になったからな」

あのとき、ばあさんに叱ってもらわなければ、今の俺はいない。

「私、幼い頃の記憶があいまいで、多分両親を亡くした事故のショックで忘れようとしたんだろうと祖母がよく言っていましたけど、今料理を作っていたら断片的に思い出したんです」

「なにを?」

事故のときのつらい記憶は、無理して引っ張り出さなくていいのに。そのせいであの頃の俺のことを忘れてしまっていたとしても問題ない。

俺はハラハラしたが、テーブルを挟んで俺の対面に座った彩葉は穏やかな笑みを浮かべている。彼女は真ん丸の月を見上げたあと口を開いた。

「尻尾さんのこと。あれは単なる夢だとばかり思っていましたけど、夢じゃなかった」

俺に視線を移した彩葉は、白い歯を見せた。

記憶がよみがえったのは、俺の尻尾のことだったのか……。

「へぇ、そうなのか?」

ホッとしてとぼけると、彼女は肩を揺らして笑い始めた。

「はい。だって尻尾を握るとふにゃっとしちゃうんですよ。壁のように大きな妖狐のくせして腰が砕けるみたいに」

「それは気のせいだろう」

そんなことまで思い出さなくていいから。

「あはは。でも、すごく温かかった。あの尻尾がなければ、私は今頃、両親のところにいたかもしれません。ありがとうございました」

まったく、ばあさんも彩葉も、礼を言わなければならないのは俺のほうだというのに。

「俺のせいでつらい思いをさせた」

「そうですよ」

彼女は唇を噛みしめて眉間にシワを寄せたがそれも一瞬で、すぐに笑顔を作る。

「かくりよで目覚めて話を聞いたときは、なんで私が殺されそうにならなきゃいけないの？って、白蓮さんのことを恨みました」

「はっきり言うなぁ」

「ふふふっ。でも、私のせいでもあるなって」

「彩葉の？」

どういうことだ？

彼女は完全に被害者だ。前世でもうつしよでも。

「そうです。だって前世で白蓮さんを好きになったのも私ですし、来世で会うことを約束したのも私なんでしょ？　私って悪い女ですね。白蓮さんに三百年も期待させたまま待たせるなんて」

こんな言葉が飛び出すとは想定外すぎて、とっさになんと返したらいいのかわからない。

どう考えてもかくりよのしがらみに巻き込んだのは俺。それなのに、ばあさんも彩葉も寛容すぎる。

「そうだな。この悪女め。彩葉、もう嫁になれ」

「それとこれとは話が別です」

なんだ。そういう流れじゃないのか？

ガックリきたが、焦るつもりはない。たとえ娶れなかったとしても、俺には彼女を守り続ける責任がある。ばあさんとも約束したし。

「お酒、どうぞ」

「ありがとう」

彩葉に酌をされるのも悪くない。

「あぁ、これだ。ねぎがいい仕事をしているチキン南蛮。懐かしいなぁ」

「でしょ？　何度も食べて覚えたんですよ」

「うん、最高にうまい」

俺が口に運ぶと、実にうれしそうな顔をして彼女も食べ始めた。

「月もしばらく見納めかなぁ」

「また来ればいいだろ」

「そっか。かくりよやーめたもアリだった」

「そうはさせるか」

絶対に居心地のいい場所を作ってやる。

いや、違うか。かくりよの居心地がよくなるのは、彼女のおかげかもしれない。俺も、宿の皆も。

「彩葉も飲むか？」

「こっちの世界では二十歳まで飲んではいけないんですよ。悪の道に引きずり込もうとする不良妖狐ですね」

「なんだそれ」

酔ってもいないのに今日の彩葉は饒舌(じょうぜつ)だ。白い歯を見せて、笑顔を弾けさせている。

こちらでの生活に一区切りつけて新しい生活に心を弾ませているのなら、うれしいのだが。

この笑顔を守るために、生きていかねば。

彩葉がふと月に視線を移すので、俺も同じように夜空を見上げた。

月のある夜もなかなかおつなものだ。酒が進む。

彩葉の両親を救えなかったという後悔はずっと背負っていくつもりだ。しかしそれだけでなく、新しい未来を切り開いていこう。

彼女と一緒にいると、そんな気持ちが湧き上がってきた。

始まりの茶碗蒸し

かくりよで生きていくと決意したら、ふと力が抜けた。

宿の外の世界をほとんど知らないので、もしかしたら黒爛のような恐ろしいあやかしが潜んでいるかもしれない。けれども、私には白蓮さんがいてくれる。

それに鬼童丸さんや勘介くん、そして和花さんとの生活が楽しくて笑顔でいられることが増えた。

雪那さんににらまれるのは少々理不尽だけど……彼女は鬼童丸さんが好きすぎるだけで、決して悪いあやかしではないことはわかっている。

私と料理を担当している和花さんは、みるみるその腕を上げていく。しかし、あっちもこっちもという並行作業が苦手なようで、お湯が沸くのをじっと待っているだけだったりしておもしろい。

「彩葉は器用なんだ」と白蓮さんが盛んに言うが、きっと和花さんのこういうところを知っているからだろう。

今日の夕飯は枝豆ご飯にしてみた。あとから豆を混ぜるのではなく一緒に炊き込むのがコツだ。ほんの少し塩味をきかせると枝豆の旨味が引き立ち、おかずがなくても食べすぎてしまう。

他には、さば味噌、大根とさつまあげの煮物、キャベツと塩昆布の和え物などを作った。

「キャベツがうまいと思ったのは初めてです」

また皆で食卓を囲むと、鬼童丸さんが目を丸くしている。

「このさば、箸が止まりません」

勘介くんが続くと、和花さんが「勘介は彩葉さまの料理ならなんでも止まらない
じゃない」と冷静につっこみを入れている。

「気に入ってもらえてよかった」

「飯はまだあるのか？」

あっという間に枝豆ご飯を食べてしまった白蓮さんが尋ねてくる。

「はい。いつもより多めに炊きましたのでありますよ」

彼から空の茶碗を受け取り、おひつからおかわりをよそおうとすると、いち早く
しゃもじを手にしたのは勘介くんだ。

「白蓮さまの茶碗は大きくてずるいです」

「お前は体が小さいだろ」

白蓮さんが指摘する。

「勘介、食い意地を張りすぎだ」

鬼童丸さんも笑みを浮かべながら口を挟んだ。

「勘介くん、たくさんあるから大丈夫。それじゃあ先にあげるね」

頬にご飯粒をいっぱいつけた彼の茶碗に盛り始めると、鬼童丸さんが「あはは」と声をあげて笑いだした。

「かくりよで白蓮さまをあと回しにできるのは彩葉さまくらいですね」

「まったくだ。勘介に負けるとは」

白蓮さんもあきれ声を出している。

白蓮さんはかくりよでは絶対君主で、彼に敵うあやかしはいないという。あの黒爛ですらひとりでは太刀打ちできないのだから、相当なのだろう。

でも、神社で私をかばいながら黒爛をはじめとする四体ものあやかしを相手に戦ったとき以外は強いと感じる姿を見ていないのだから、ピンとこない。それどころか、ときどきいじられることはあるものの、彼はいつも優しいし。

「勘介くんは子供なんですから、大人は我慢してください」

「子供って、勘介は彩葉より何百歳も年上だぞ」

「あ……」

見た目が小さくて子供のようだし、行動も白蓮さんたちと比べると幼いので、完全に子供扱いしていた。けれども前世の私を知っているようなので、最低でも三百歳は超えているということになる。

「まあ三百五十歳なんてまだまだ子供だが」

三百五十歳で子供って。いろいろ衝撃だ。

「あやかしの寿命はいくつくらいなんですか？」

「いくつなんだ？」

「さぁ？」

白蓮さんと鬼童丸さんが口々に言い合う。

なんて適当な世界なのだろう。でも、気が遠くなるほど長いから考えることすらないのかもしれない。

「それじゃあ白蓮さんはおいくつですか？」

「俺は多分……七百、いや八百は超えたと思うが、数えていないから知らん」

人間なら歳を気にするものだが、いろいろ価値観が違うと思わされる。

けれど、それでは私は彼らよりずっと先に寿命が尽きるのか。人間なら百歳生きたら長いほうだ。

なんだかそれは寂しい。まだまだずっと先の話なのに気が滅入る。

私が黙り込んだからか、隣に座っている白蓮さんが顔を覗き込んでくる。

「どうした？」

「私、先に死んじゃうんだなと思って」

「欲が出てきたな」

頬を緩める彼は、私の頭をポンと叩く。

「欲って？」

「もっと生きていたいという欲だ」

それを聞き、ハッとした。

祖母を亡くしてしばらく無気力だったことを知られている？

「心配いらない。もし彩葉が先に逝ったとしても、また生まれ変わるのを待っている。何度でも、何度でも」

「あまりしつこいと嫌われますよ、白蓮さま」

鬼童丸さんが茶々を入れるが、私は胸が熱くなるのを感じていた。

もしかしたら……死んでしまう側より、待っているほうがずっとつらいのかもしれない。私には前世の記憶はなく、白蓮さんに会った日からがスタートだったが、彼は違うのだから。

しかも、何度でもそのつらい期間を乗り越えてくれるなんて、ありがたい言葉だ。

「この前、うつしよに行ったあやかしが、そういうしつこい者をストーカーと言うと教えてくれました」

「ストーカーって……」

和花さんの発言に噴きそうになった。

「なんだ、それ」

白蓮さんが真面目な顔で首をかしげているのがまたおかしい。

「好きな気持ちを一方的に押しつけてつきまとう人のことでしょうか。相手は好きじゃないのに……」

私が答えると白蓮さんは一瞬ギョッとした表情を見せたが、すぐに口元を緩めた。

「それじゃあ俺は違うだろ。彩葉も俺が好きだからな」

「はいっ？　いつそんなこと言いました？」

余裕しゃくしゃくの返事にムキになる。

「口に出してはいないが伝わってくるぞ」

ニヤッと笑う白蓮さんは、絶対に私をからかっている。

「断じて違います！　もう、おかわりあげないんだから！」

どれだけ反論しても勝てそうにないと感じた私は、照れ隠しのために適当なことを口走る。

「それはないだろ、彩葉」

かくりよの頂点に立つあやかしが、枝豆ご飯のことで肩を落としているのが少しおかしい。

私たちのやり取りを見ている鬼童丸さんが、また「あははは」と盛大に笑っている。

ここにいる誰ひとりとして血のつながりはないけれど、まるで家族のようだと思った。


志麻さんが去った宿は少し寂しくなったが、私は最近、河童（かっぱ）のあやかし河太郎（かわたろう）くんの部屋に行くことが多くなった。

勘介くんよりさらに体が小さい彼だけど、どうやら勘介くんより少し年上らしい。あやかし界で言えばまだまだ子供のようだが、ひとりでこの宿にとどまっている。

食事を運んでいっても無言で受け取るだけでニコリともせず、思いきり壁を感じているのだ。

「鬼童丸さん、ちょっとお茶でも飲みませんか？」

あまりに不愛想な彼がここに滞在している理由を知りたくて、宿の人たちの器を片付けたあと、手伝ってくれた鬼童丸さんをお茶に誘う。しかし、その言い方がまるでナンパのようだと気づき、頬を赤らめた。さっきお風呂に行った白蓮さんのことをナンパ師だなんて言えない。

「お誘いありがとうございます。しかし白蓮さまに命を狙われないでしょうか？」

冗談だとばかり思ったのに、彼の顔は真剣そのもの。

「命って……。お茶を一緒に飲んだくらいでそんな」

「いいえ。白蓮さまは彩葉さまのこととなると目の色がお変わりになる。まあ、でもたまにはいいでしょう。いつも無茶ぶりの数々ですからね。たまには私も褒美にあずかりたい」

彼は意外なことを口にして白い歯を見せた。

白蓮さんは、まさに彼の右腕となり働く鬼童丸さんをかなり頼りにしている。豆吉くんの一件で後処理を彼に投げていたように、〝無茶ぶり〟がないとは言えない。おそらく私が知らないところでも、白蓮さんの指示で右往左往しているのだろう。

しかし信頼していなければ任せられないので、ふたりの絆(きずな)は強固なものだと勝手に想像している。

「あっ、お酒飲まれます？」

「いいですね」

白蓮さんも鬼童丸さんもお酒には強いようだが、普段はあまり飲んでいるところを見ない。たまにはと思って声をかけると、とてもうれしそうな返事が来た。

「熱燗(あつかん)でいいですか？　大広間にお持ちします」

「はい。それでは先に」

私は鬼童丸さんと別れて台所に向かった。

熱燗なんて口にしたが、お酒を温める温度によって香りの出方などが異なる。気軽に口にする熱燗は、お酒を五十度くらいまで温めるもので、これだとより辛口になる。もっとマイルドな味わいを楽しみたいときは、熱燗より少しぬるめの上燗くらいがおすすめだ。そしてアルコールが飛んでしまわないように短時間で温めるのがコツ。

もちろん私は飲まないので、これも祖母に教わったのだけど。

徳利(とっくり)とお猪口(ちょこ)を持って大広間に足を踏み入れると、鬼童丸さんがうれしそうに微笑んだ。

「いい香りだ」

「かくりよでもお酒を造っているんですね」

台所に見たことがない日本酒が置いてあったので和花さんに尋ねたら、うつしよをまねて造っているあやかしがいると聞いた。

「はい。でも、うつしよのものには敵わないですよ。こちらは?」

「今日はうつしよの吟醸酒です。私は飲まないので違いがよくわからないのですが、祖母に教わったおいしい温め方をしてあります」

「それはうれしいです」

私は彼の横に座り、お酌をした。

「うん。なかなか。冷酒も好きですが、あれは飲みすぎるので」

「酔っぱらいの面倒は見ませんよ?」

「気をつけます……」

もう一杯注ぐと、彼は「ありがとうございます」と言ってから口に運んでいる。

「それで、なんの話でしょう?」

彼は優しい笑みを見せるが、目元は引き締まっている。お酒をたしなむ時間ですら心からリラックスしているようには見えない。

それは皆で食事をしているときも同じ。大きな声で笑っているくせして、物音がするとすぐにそちらに視線を向けて確認している。

白蓮さんも同様で、彼らは常に気を抜けないのだと知った。

「はい。河太郎くんのことで」

「あぁ、河太郎ですか。まったく愛想がないですよね」

鬼童丸さんは困ったように微笑む。

「そうですね。子供らしい笑顔は見たことがないです。彼はどうしてひとりでここに?」

家族はいないのかな?

「河太郎は河童のあやかしなのですが……」

「はい。和花さんに聞きました」

「そうですか。河太郎はもともと、月の世に近い川の上流に住んでいました。あぁ、西の方向に見えるあの川です」

　前世の私が殺されたという川のことだ。だからか、彼は小声で付け足した。

「河太郎の両親は川を美しく保つことを生業（なりわい）にしておりました。陽の世は天照大御神のお力のおかげで、太陽の光を浴びた作物がぐんぐん育ちます。それとセットで欠かせないのが水なのです」

　それはうつしよでも同じ。

　近年は気象異常で一気に雨が降りすぎて水害が起こったり、逆に降らなくて干上がってしまったり。それで作物がダメになったというニュースをよく耳にした。農業には日照時間だけでなく、水もとても大切な要素だ。

「はい。よくわかります」

「大切な川を守ってくれる河太郎の両親は、陽の世でもちょっとした英雄でした」

　ちびちびとお酒を口にしていた鬼童丸さんはお猪口を机に置き、苦々しい表情を浮かべる。

「しかし、川の水が突然干上がりました。美しい水を横取りしたかった月の世のあやかしの仕業です。河太郎の両親は川を守ろうと奮闘して……。結果、月の世のあやかしに殺められてしまいました」

私は目を閉じて天を仰いだ。かくりよは悲しい話が多すぎる。

「それを知った白蓮さまが、ひとりになってしまった河太郎をご自分で引き取りに行かれたのです。英雄の忘れ形見は大切に育てると」

「そんなことが……」

「はい。ですが、河太郎は抜け殻で、何時間でもボーッと空を見上げている始末。誰が話しかけても反応もせず、私たちもお手上げの状態でした」

河太郎くんの気持ちは理解できる。あまりにショックなことがあると、なにを考えたらいいのかすらわからなくなるのだ。

「特に、白蓮さまと私を見ると逃げていきます。両親を襲ったのは大人の男のあやかしでしょうから、似た風貌の私たちのことも怖いのかと」

トラウマか……。

「その事件があったのはいつですか？」

「十年ほど前になります」

「十年！」

あやかしと私たち人間とは時の流れ方が違う気もするが、十年もの間ろくに口も利かず、笑顔を見せていないなんて。心を閉ざしたままの河太郎くんが不憫でたまらない。

「励ましてあげたいですけど、簡単じゃないですね」

「そうですね。河太郎が完全拒否で、ほとんど部屋からも出てきません。歳の近い勘介ならと考えて彼を近づけてみましたが結果は同じ。なすすべがない状態なのです」

「拒否……」

たしかにそんな感じだった。どうしたらいいのだろう。

私はしばらく黙って考えていた。

「鬼童丸。どういうことだ？」

すると、背後から白蓮さんの低い声がする。

「もう風呂を上がられたんですか？」

鬼童丸さんが答えている間に振り向くと、大広間の入口に白蓮さんが立っていた。お湯につかっていたせいか、肌がほんのり赤らんでいる。しかも黄金色の美しく長い髪はほどかれ、その先からは水滴が滴っており、妙な色気を感じて心臓がドクンと跳ねた。

「どういうことだ？」

再び同じ質問を繰り返す白蓮さん。

もしかして怒っているの？

「どういうとは？　彩葉さまに酌をしていただいているだけですよ」

「はぁっ？　俺を差し置いて？」

白蓮さんの眉尻が上がる。これはやはり怒っている。

鬼童丸さんが『彩葉さまのこととなると目の色がお変わりになる』と言っていたが、こういうことなのだとようやく理解した。そういえば雪那さんもそうだもんね。

「あははは。子供みたいに拗ねていないで、彩葉さまにお願いされたらいいのに。彩葉さま、主がご機嫌ナナメのようですので私はこれで。残りは部屋でいただきます。ごちそうさまでした」

先ほどは『命を狙われないでしょうか？』と心配していたくせして、ちょっと挑発気味の言葉を残して去っていった。

あんなことは言っていたが、心を許し合った仲なのだろう。他人の前では主従関係を崩さないが、ふたりきりだと違うのかもしれない。

素のふたりを見せてもらえたのかな……なんて呑気に考えている場合ではなかった。

「彩葉」

白蓮さんは私の隣にどさっと腰を下ろし、少し……いやかなりふてくされた表情を向ける。

「ずいぶん鬼童丸と仲がいいな」

「別にそういうわけじゃ……。勘介くんや和花さんともいいですよ？」

「勘介や和花はどうでもいい」

ピシャリと言われて取り付く島もない。

「あっ、白蓮さんもお酒を飲まれます？　お風呂上がりですから冷酒がいいですか？」

話を逸らすために立ち上がったのに腕を引いて止められてしまい、仕方なく座り直した。

「逃げるな。なにを話していたんだ？」

「なにをって……。河太郎くんのことを聞いていたんです」

「河太郎？」

彼の声色が変わった。

「はい。食事を運んでもニコリともしないから気になって。しかもひとりで部屋に閉じこもっているのが心配だったんです」

「そうだったか。河太郎になにがあったのか、話は聞いたか？」

「……はい。胸が痛くなるようなお話でした」

唇を噛みしめると、彼は子供をあやすように私の頭をなでる。

「なんでも背負うな。お前は昔からそうだ。他人の痛みに同調しすぎて苦しくなる」

前世の私のことはわからないけれど、誰かが河太郎くんの痛みに寄り添わなくては。

「河太郎のことは……いろいろ手を尽くしてはみたが、難しくてな。なにもできないからといって、放り出すこともできない。あいつにはもう頼れる家族がいない」

彼は切なげな眼差しを私に向ける。私も同じような境遇だからだろう。

「私には白蓮さんがいてくれますから大丈夫ですよ。鬼童丸さんも、勘介くんも和花さんも。あ、雪那さんも」

一応雪那さんも付け足したものの、彼女との和解にはまだまだ時間がかかりそうだ。

……って、私はなにもしてないのに、腑に落ちないけど。

「そうか」

私の返答を聞いた彼は、安心したように頬を緩めた。

「それで、どうして俺じゃなくて鬼童丸に聞いているんだ？」

一転、白蓮さんの視線が鋭くなった。

あれっ、不機嫌は直ったんじゃなかったの？

「どうしてって……」

どうしてだろう。別に白蓮さんに聞きにくいわけでもないのに、鬼童丸さんに声をかけていた。

「あっ、そうか」

「なにをひとりで納得してる？」

「白蓮さんは自分が大変な思いをしたことは話さないからですよ。心を砕いたことや尽力したことをぺらぺら自慢しないでしょ？　だから鬼童丸さんに聞かないと、白蓮さんのことがわからないんです」

河太郎くんのことを知るのが一番の目的だったが、白蓮さんがどんな対応をしたのかも知りたかった。おそらくこの宿のお客さんのことで白蓮さんが関わっていないということはまずないからだ。

しかも、志麻さんがそうだったように、白蓮さんの優しさ故、彼らをここにとどめていることもわかっている。でもきっと彼は、自分が骨を折ったことは口にしない。

「ほぉ、俺に興味が出てきたということか」

「別にそういうわけじゃ……」

あわてて否定したものの、そういうことになるのかも。もっと彼を知りたいと無意識に感じているようだ。

「いい傾向だ。だが、鬼童丸とふたりきりで酌とは。気分が悪い」

「えっ、ふたりきりって……。まあ、そうですけど、そんな深い意味は……」

「当然だ。深い意味があったら鬼童丸をただじゃおかない」

そんなに怒らなくても。

「れ、冷酒を用意しますね。私はお茶でも飲もうかな」

私はさりげなくかわして台所に向かった。

これって、嫉妬っていうやつ？

冷酒を用意しながら呆然と考える。

こんな感情を向けられたのは初めてのことで戸惑うけれど、ちょっとうれしいかも。

それだけ大切に思われているという証拠なのだろうと考えると、くすぐったく感じた。


翌日から、行動開始。

「河太郎くん、お昼ご飯ですよ」

まずはひと言でも言葉が交わせたらと笑顔で話しかけたのに、彼はにこりともせず食事を受け取って部屋に入ってしまった。

「うーん」

「話せませんでしたか？」

「そうですね。難しそうです」

鬼童丸さんと顔を見合わせて眉をひそめる。

子供が興味がありそうなことって……。

人間と同じかどうかはさっぱりわからないが、あれこれ考えを巡（めぐ）らせ始めた。

今日の昼食は鶏のつくねどんぶりと、豆吉くんが配達してくれた豆腐で、お味噌汁を作った。

つくねはちょっとマヨネーズを加えて練るのが裏技。こうすると柔らかくなる。

「うんまー」

勘介くんは相変わらずの食欲で、見ているこちらも顔がほころぶ。

河太郎くんはいつも食事を残すけど、このくらいモリモリ食べてもいいお年頃ではないのかな？

今日も器を下げに行くと、やはり丼が三分の一ほどしか減っていない。

私は台所に戻ったあと、勘介くんをつかまえた。

「ね、勘介くんっておやつ好き？」

「おやつですか⁉　人間が昼食と夕食の間に食べる食事のことですよね」

私がここに来てから一度もおやつの時間がなかったので習慣がないと思っていたが、存在は知っている様子だ。

「いつものような食事ではないんだけど、間食ね。ご飯とは違うデザートのようなものを食べたりするの。興味ある？」

「ありますとも！」

食いしん坊の勘介くんは目が輝いている。

「それじゃあ、作ってみようか。あとで手伝ってもらえるかな?」

「はい!」

元気な返事をもらったところで自室に戻り、なににしようかあれこれ考えだした。

時計のない生活はなかなか慣れないけれど、腹時計が正確な勘介くんに二時間後くらいに呼んでと伝えておいたら、元気に迎えに来てくれた。

「おやつ、おやつはおいしいよー」

一緒に台所に向かう途中、彼は自作の歌を歌っている。しかしそれがあまりに適当で、噴き出すのをこらえるのが大変だった。

河太郎くんもこういう姿が見られるようになるだろうか。

台所には和花さんも来ていた。

「彩葉さま。おやつというものを作るとか」

「うんうん。今日はね、黒蜜プリンを作るよ。豆吉くんが持ってきてくれた豆乳があったわよね?」

今朝、配達に来てくれたはずだ。

「ありますよ。豆乳でおやつができるんですか?」

「うん。甘いの好き?」

「好き!」

ふたりは声を合わせる。

それからは楽しくクッキングタイム。プリンは桜庵では出したことがないが、祖母がよく作ってくれた。

手順を説明しながら作っていくと、ふたりとも興味津々という感じで身を乗り出して観察している。

「勘介くん、卵液を作るから手伝って。和花さんは薪に火をつけて」

それぞれ役割を与えると実に楽しそう。手伝いというより遊びの延長線上という雰囲気だ。

その後、蒸し上がったプリンは上出来だった。

「和花さん、黒蜜ソースを作ってくれる？　焦げやすいから気をつけて」

ワイワイしているうちに、プリンは完成した。

「いい匂い！」

勘介くんが大興奮。

「豆乳ベースだからさっぱりしてるわよ。宿の人たちにも配りましょう」

私は早速、河太郎くんの部屋に向かう。

「河太郎くん。おやつがあるの。食べない？」

物音ひとつしない部屋に声をかけると、静かに戸が開いた。

「これ、プリンというの。甘いものは好き？」

プリンを見せながら問いかけると、彼はほんのわずかに首を縦に動かす。

「よかったー。食べてみてね。あとで感想を聞かせてもらえるとうれしいなぁ」

あやかしの口にも合うのか知りたいというのもあるが、とにかく会話のきっかけが欲しい。しかし彼はいつものように無表情でプリンを持って引っ込んでしまった。

「はー。焦っちゃダメね」

こちらの気持ちを押しつけてもきっとうまくいかない。

まずはプリンをおいしく食べてくれることを祈ってその場を離れた。


大広間には、街に下りている白蓮さん以外が集合して早速食べ始める。

「プリンっておいしい。トロトロ！」

和花さんは気に入ったようで、至福の表情を浮かべている。

「うんまー」

「勘介はなんでもそれだな。もう少し別の言い方はないのか？」

鬼童丸さんにつっこまれている勘介くんだけど、耳に入っているのかいないのか、返事もせずに食べ続ける。勘介くんもプリンの虜（とりこ）のようだ。

相変わらず私を警戒しているような雪那さんは、白蓮さんがいないせいか、私と鬼童丸さんの間に陣取った。どうやら私たちが隣同士に座るのが気に入らないらしい。

ブレない彼女だけれど、黙々と食べ進んでいるので嫌いではなさそうだ。

「白蓮さま、ひとりだけ蚊帳の外だったと知ったらあとで怒るだろうな」

鬼童丸さんが漏らす。

「それじゃあ白蓮さまの分も食べちゃいましょう。そうすればわかりません」

勘介くんが平然とした顔で言うものの、鬼童丸さんは苦笑している。

「お前は度胸があるのか、バカなのかどっちだ？」

「どうしてバカなんですか？」

「彩葉さまが作ったものをこっそり食べたなんて万が一にも知られたら、鉄拳どころじゃ済まないぞ？」

「え！」

もともと丸い目をさらに丸くしている勘介くんは一瞬食べるのをストップしたが、食欲には敵わないらしくまた黙々と食べ始めた。

「やっぱり度胸ありそうだわ、お前」

鬼童丸さんはその様子を見てクスッと笑っている。

「白蓮さんは見回りですか？」

「はい。今日は隣の街まで足を延ばしていらっしゃいます。皆、白蓮さまに会いたいと首を長くして待っているんですよ。困ったことを訴えると、できる限りお力を貸してくださいますからね。まあ、それに私や臣下が振り回されているのですが」

白蓮さんは街のあやかしの声に耳を傾け、対処方法を鬼童丸さんと相談してあとは彼に任せることが多い。宿のすぐ下の別館に住んでいる臣下たちも、対応に駆り出されるとか。

それでどうにもならない案件は白蓮さんの出番。特に月の世とのもめごとはほとんど彼が解決するらしい。

「本当は鬼童丸さんも一緒に行かなくてはいけないんですよね」

彼は私の護衛のためにここに残っている。

「まあ、以前はそうでしたが別の者が一緒に行っておりますし、こうしてプリンをいただけるので最高です！」

彼は最後のひと口をパクッと口の中に入れた。

自分で自分の命を守ることができないのは承知している。でも、私のせいでかくりよで暮らすあやかしたちが不自由することはないのだろうか。

「彩葉。なにへこんでいるんだ？」

そこに現れたのは、いつの間に帰ってきたのか白蓮さんだった。鬼童丸さんはギョッとしている。

「あっ、お帰りなさい。いえ……私のせいで鬼童丸さんが街に行けないから、街のあやかしたちが困っているんじゃないかと」

「そんなことか。その点は心配ない。彩葉がそばにいると力がみなぎると話しただろ？　その結果、月の世は余計なちょっかいをかけてきづらい。つまり、陽の世も平和だということだ。つまらぬ小競り合いばかりで俺が手を出す必要もない」

彼は雪那さんを追い払って私の横に座り、鬼童丸さんの空になった器をじっと見ている。

「俺のいない隙にプリンを食べられて最高だな、鬼童丸」

「あはは」

さっきの会話が聞こえていたんだ。

「勘介は鉄拳が欲しいのだな」

「ゴホッ」

プリンを噴き出しそうになった勘介くんは、目を白黒させている。

「いつから聞こえていたんですか？」

鬼童丸さんが尋ねた。

「さあ？　俺が働いているのに、ずいぶん楽しそうだなと思っただけだ。鬼童丸。たっぷり仕事を請け負ってきたから、お前は出発だ。一緒に行った者に指示を出してある。実行部隊、ご苦労さん」

ニヤリと笑う白蓮さんと鬼童丸さんの立場が逆転。「はい」と素直に返事をした鬼童丸さんは、肩を落として出ていく。

「白蓮さんも食べますよね？」

「おぉ、頼む」

勘介くんが私に〝行かないで〟という視線を送っているのには気づいていたが、いったん台所にプリンを取りに向かった。

大広間に戻ってくると、雪那さんは鬼童丸さんの見送りに行ったのか席を外していて、勘介くんはなんと白蓮さんの膝の上にいた。まるで親子のようだ。

「どうされたんです？」

「あぁ、ちょっとな」

白蓮さんはあいまいに濁して、勘介くんを解放した。すると、すでに食べ終わっている勘介くんと和花さんは出ていって、白蓮さんとふたりきりになった。

「プリンは見たことはあるが食べるのは初めてだ」

「今日は豆乳で作ったのでさっぱり目です。でも、豆吉くんの届けてくれる豆乳が濃厚なので、かなりいい感じにできました」

私が説明すると、彼は口に運んでいる。

「はい。甘すぎますか？」

勘介くんたちは気に入っていたようだけど、どうだろう。

「ちょうどいいんじゃないか？　うまいな」

「ありがとうございます。河太郎くんも気に入ってくれるといいんですが……」

問題はそこ。プリンを持っていったときは少し目が大きくなった気もしたけれど、すぐに無表情に戻った。

「そうか。河太郎のために作ってくれたのか」

「はい。話すきっかけが欲しくて」

私が伝えると、彼は小さくうなずいている。

「勘介に、どうしてもらうと安心するか聞いていたんだ」

「あっ、さっきのですか？」

「あぁ。抱っこしろとか恥ずかしいことを言うから、まあ……」

恥ずかしいなんて言いながらちゃんとしてあげる彼は素敵だと思う。

「彩葉もそうだったからなぁ。毎晩俺の腕の中に飛び込んできた」

「知りませんよ、そんな……」

そんな話を聞かされると照れくさくてたまらない。

けれど、寂しいときは誰かに抱きしめられると安心するのは本当かも。私も彼の尻尾にずいぶん助けられた。

「だが、河太郎はそこまでたどり着けそうにない。どうしたものか」

話すことですら拒否なので、抱きしめるなんて絶対に受け入れてもらえそうにない。でも、こうして真剣に考える白蓮さんの優しさに心が和んだ。

「私、少しずつ近づけるように努力してみます」

「あまり無理はするな」

「大丈夫です。私は好きな料理をしているだけですから」

そう答えると、彼は目を細めて微笑んだ。

おやつの時間は翌日からも続き、十日ほどが経過した。

宿の人たちの器もほとんど空になってくるので、気に入ってもらえているのかなとは思う。

その中でも、河太郎くんが完食してくれるのが飛び上がるほどうれしかった。彼が食事を残さないことはまずないからだ。

とはいえ、感想はまだ一度も聞けていない。

「河太郎くん、おやつの時間だよ」

廊下から声をかけるとすぐに戸が開く。

以前はうつむいたまま受け取っていた彼だけど、ときどき視線を合わせてくれるようになった。

「今日はどら焼きというものなの。和花さんがおやつ作りにはまってしまって、中の餡まで手作りしたんだよ。白蓮さんに、夕飯をそのくらい熱心に作れって言われたくらい」

少し前まではすぐに戸を閉められてしまったが、少しずつ話を聞いてくれるようになった。

「明日はわらび餅の予定なんだ。河太郎くん、よかったら一緒に作らない？」

恐る恐るの提案だったが、彼の眉がピクッと動いたのでもう少し押してみる。

「なにもしなくても、見てるだけでもいいのよ。勘介くんはいつも混ぜるか皿を出す係だからね。でも、つまみ食いは得意なの」

勘介くんは手伝うというほどなにもできないが、台所で一番楽しそうにはしゃいでいる。

なんとか『うん』と言わないかと畳みかけてみたものの、戸が閉まってしまった。

まだ無理か……。

でも、視線を合わせてくれるだけでも前進している。十年もの間、拒絶してきたのだから時間がかかって当たり前だ。

感想、くれるといいな。

まだ河太郎くんの声を聞いたことがない私は、たとえ『まずい』でもいいから、ひと言聞きたいと願っていた。


今日は鬼童丸さんが不在で、白蓮さんが一緒にどら焼きを食べてくれる。

「この皮の部分もうまいんだな」

「生地を混ぜすぎないのがコツなんです」

勘介くんに生地作りを頼んだとき、張り切って勢いよく混ぜ始めたのであわてて止めた。混ぜるのは彼の係だから仕方がないけれど。

「それにしても和花のは、餡を入れすぎなんじゃないのか？」

白蓮さんがあきれ声を出しているのは、和花さんが手にしているどら焼きの餡が皮からはみ出しているからだ。

「だって、こんなにおいしいもの初めて食べたんですから」

どうやら彼女は餡の存在を知らなかったらしく、何度もつまみ食いしていた。

「そうか。それでは仕方がない」

和花さんがあまりに真剣に訴えるので、白蓮さんが折れている。

皆に笑顔が広がる。

ここに河太郎くんが入れたらいいのに。

ふとそんなことを考えていると、隣の白蓮さんに肩をポンと叩かれて目配せされた。

私がなにを思っているのかお見通しなのかもしれない。

皿を下げに河太郎くんの部屋に向かうと、すでに廊下の外に出されてある。いつもは下げるだけだが、私はもう一度声をかけることにした。

「河太郎くん。明日、わらび餅を作る前に来るね。もし手伝ってもいいなと思ったら出てきてくれるかな。それじゃあ、また夕食のときにね」

彼は顔を見せることすらなかったけれど、私は勝手に期待していた。


そして翌日。

また勘介くんの腹時計に頼り、おそらく午後の三時前くらいに河太郎くんの部屋に向かった。和花さんと勘介くんには台所で準備をしてもらっている。

「河太郎くん、彩葉です。おやつ作りどうかなぁ？」

私はドキドキしながら戸が開くのを期待していた。けれども、相変わらず物音ひとつせず、出てくる気配はない。しばらく待ってみたが無理そうだと感じ、「それじゃあ、あとで持ってくるね」と言い残して離れようとした。

台所に向けて足を踏み出した瞬間、カタッと小さな音がしたので振り向くと、河太郎くんが顔を覗かせている。

余計な言葉はいらないと思った。ただ笑顔で手を差し出すと、彼は握ってくれた。

私が河太郎くんを連れていったからか、和花さんが準備の手を止めて無言で彼をじっと見つめる。けれど物怖じしない勘介くんは、河太郎くんのところにやってきて、

「一緒にやろうよ」と手を引いた。

ちょっと強引すぎるのでは?とヒヤッとしたが、意外にも河太郎くんは嫌がっている様子はない。

「今日はわらび餅だよ!」

「彩葉さま、材料はこれだけでいいの?」

勘介くんが高らかに宣言したあと、和花さんが尋ねてくる。

「そう。シンプルでしょ? わらび粉とお砂糖と水。あとはきな粉だけ。簡単に作れるんだよ。でもちょーっと力がいるから、男の子チーム頑張ってね」

勘介くんと河太郎くんに向けて言うと、勘介くんは「はい!」と大きな返事をし、河太郎くんは少し困っていた。

作り方はとても単純。きな粉以外の材料を、鍋で加熱しながら混ぜるだけ。

「和花さんは火加減お願いね。あんまり強くならないようにして。勘介くん、混ぜて

みて」

　最初は粘りも出ないので、ただ混ぜればいい。

　踏み台に上った勘介くんが得意げにしゃもじを動かし始めると、河太郎くんは隣で鍋の中をじっと見ていた。

「次は河太郎ね」

　数分後。勘介くんがごく自然に混ぜる作業を河太郎くんにバトンタッチしている。

　突然しゃもじを押しつけられて驚いていた河太郎くんだったが、ゆっくり手を動かし始めた。

　やった！

　勘介くんはなかなか天然なところがあるが、今日は最高にいい仕事をしたと思う。

　わらび餅はしばらくすると重くなってくる。すると河太郎くんは『どうするの？』と聞きたげな表情で私を見つめた。

「続けて混ぜるんだよ。底のほうからすくうように、こう」

　河太郎くんの手を握って実践してみたが、彼は鍋の中に夢中で拒否しない。

「河太郎、うまいじゃん」

　ナイスフォローだよ、勘介くん！

　今日は多めにわらび餅をあげなくては。

さらにそのまま混ぜていくと、白濁していた餅が透明になり、より重くなる。

今度は河太郎くんが眉を八の字に曲げたので、「勘介くんやってみて」と助け船を出した。すると力持ちの彼は、グイッグイッと混ぜ始める。河太郎くんはその様子を身を乗り出して見つめていた。

「もういいかな。あとは冷ましてきな粉をつけるだけだよ」

ステンレスのバットがあるといいがここにはないので、大きな皿に広げた。

今度うつしよに買い出しにいくあやかしに、バットや泡だて器も頼もうと思っていると、勘介くんと河太郎くんが並んでわらび餅を見つめたまま離れない。

「ちょっと時間がかかるよ?」

「見てないと白蓮さまに食べられちゃうもん!」

「食べないわよ」

いや、ときどき食べるけど……。

このまま冷めるまで見ているの？と思ったとき、和花さんが口を開いた。

「彩葉さま、雪那さんに頼みましょう」

そういえば、食べ物を冷却するのは雪女の得意技だった。

「あ、そうだった。呼んできて？」

和花さんに呼ばれた雪那さんは、渋々ながらも台所にやってきた。

「これ、冷やしてもらえないかな……」

控えめにお願いすると、彼女は小さくため息をつく。

「まったく。この私に雑用をさせるなんて」

「雪那さんは雑用係じゃん」

ちょっと、勘介くん！　その発言はまずいって、と息を呑んだ瞬間。

「お前を凍らせてやろうか」

こ、怖っ。

「彩葉さま、順調ですか？」

そこに鬼童丸さんが顔を出す。

彼は河太郎くんがいることに驚いた様子だったが、河太郎くんは私の背中に隠れてしまった。

「鬼童丸さま！　私、お手伝いをしていたところなんですよ。もうすぐできますわ」

雪女なのに鬼の形相で『凍らせてやろうか』と凄んでいた雪那さんは、一転、甲高い声で鬼童丸さんにすり寄っていく。

あなたはまだなにもしてないよね？

「それは助かる」

「当然ですわ。鬼童丸さまに一番おいしいものをお届けします」

「ははは……」

乾いた笑い声を漏らす鬼童丸さんの顔がこわばっている。彼は雪那さんが料理をしないことを知っているはずだ。

わらび餅はそのあと無事に冷やされて、きな粉をまぶして完成。

宿の人たちの分を持って鬼童丸さんと雪那さんが仲良く去ったあと、私たちのわらび餅もそれぞれ皿に分ける。そして、残りを勘介くんとおいしそうにつまみ食いしていた河太郎くんに声をかけた。

「河太郎くん、私たちは白蓮さんたちと同じ部屋で食べるんだけど一緒に食べない？」

緊張も緩んでいるし、いい返事が聞けるのでは？と期待したのに、彼は途端に表情を硬くする。そして首を大きく横に振ったあと、自分の皿を持ち、私の手を引っ張って部屋のほうに歩き始めた。

どうしたのだろう。

黙ってそのまま従っていると、彼は自分の部屋の戸を開けて、なんと私を入れてくれる。こんなことは初めてで驚愕したが、うれしくて涙が出そうなほどだった。

河太郎くんは小さな机にわらび餅を置いたものの、食べようとしない。私は向かいに座って話しかけた。

「どうしたの？　おいしかったでしょ？　どうぞ」

つまみ食いのときは珍しく口元が緩んでいたので気に入ってくれたと思ったけれど、違うの？

彼はなぜか私をじっと見つめて、皿をこちらにずらす。

「あっ、もしかして私の分を気にしているの？　ありがとう。でも何回も食べたことがあるから大丈夫」

私は皿を押し返したが、彼は首を横に振った。

こんなに優しいあやかしなんだ。

「それじゃあ、ひとつもらうね？」

私が言うと、彼はうんうんとうなずき、自分もようやく食べ始める。

「すごく上手にできてる。河太郎くん、おやつ作ったの初めてでしょ？」

尋ねると、ゴクンとわらび餅を飲み込んだ彼はまたうなずいた。まだ声は聞けないけれど、意思の疎通ができたことに胸が躍る。

それから黙々と食べ進んだ彼だったが、完食したあと「おいしかった」と小さな声でたしかにつぶやいたので、鼻の奥がツーンとしてくる。

あきらめずに関わり続けてよかった。

皆の輪に入るのはまだ難しそうだけれど、彼は大きな一歩を踏み出したのだ。

翌日のおやつの時間にも河太郎くんを呼びに行こうとすると、なんと彼が自主的に台所に姿を現した。

「河太郎！」

いち早く彼の姿を見つけた勘介くんが、満面の笑みを浮かべて飛んでいく。

「僕も、一緒にやりたい」

消えそうなほど小さな声だったけれど、たしかに河太郎くんが言った。

「あっ、しゃべった」

ちょっと、勘介くん！

勇気を出しただろう河太郎くんの心情を思えばそこはさらりと流してほしかったところだが、素直すぎる勘介くんは黙っていられなかったようだ。

しかし私の心配をよそに、河太郎くんが初めて口角を上げて微笑んだ。

「今日は豆腐ドーナツに挑戦するよ。揚げ物だから危ないところは見ててね。和花さん、その分よろしく」

揚げ物はあまり得意ではない和花さんだが、手伝いくらいならお願いできる。

「はい！」

ふたりの姉的立場の彼女は、少し誇らしげに返事をしている。

「勘介くんと河太郎くんは、手をきれいに洗ってからお豆腐を潰してくれる？」

私が指示を出すと、ふたりとも即座に動き始めた。

豆腐を手で潰した河太郎くんがその感触に驚いたのか、「おぉ」と声をあげて勘介くんを見ている。すると勘介くんはケラケラとおかしそうに笑った。

なんだかこの光景、最高だ。


豆腐ドーナツは、なかなかおいしくできあがった。

つまみ食いをした勘介くんが、ほっぺが落ちそうと言わんばかりに両手で頬を押さえて「ふぅぅぅー」という意味不明な声を発している。訳すとおそらく、『うんまー』だと思う。

そしてその横で、河太郎くんも勘介くんをまねして頬を押さえる。

このふたり、なかなかいいコンビだ。

鬼童丸さんが配膳の手伝いのために顔を出すと、河太郎くんが私の背中に隠れるのは昨日と同じ。でも、今日は隠れつつもこっそり鬼童丸さんのことを目で追っているのに気づいた。

「河太郎。大広間だといっぱい食べられるよ。行こー」

その後、なんと勘介くんがリーダーシップを発揮して、河太郎くんの腕を引いた。

まあ、空気を読まなかった可能性のほうが大きいけれど……。

河太郎くんがどうするのかドキドキしながらあとを追うと、母屋に足を踏み入れたところでやはり尻込みして首を横に振っていた。

「頑張らないと白蓮さまに食べられちゃうけど、僕がとってあげるよ！」

勘介くん、河太郎くんの心配はきっとそこじゃないのよ……。

困り果てた様子の河太郎くんを見て、助け船を出そうとしたそのとき。

「おぉ、河太郎来たか」

二階にいたらしい白蓮さんが下りてきて、なんと河太郎くんを軽々と抱っこしてしまった。

河太郎くんは目を見開いたあと、顔をしかめている。

「び、白蓮さん……」

怖がっていることを伝えようとしたが、その前に白蓮さんが口を開いた。

「お前が来るのを待っていたぞ」

河太郎くんのためらいをわかっているくせに、白蓮さんはそのまま大広間に連れていってしまった。そしていつもの席に座り、河太郎くんを膝の上に抱く。

抱かれている河太郎くんは、表情をこわばらせたまま微動だにしない。

「彩葉。今日はなんだ？」

「豆腐ドーナツです」

チラチラと河太郎くんの様子をうかがいながら、座卓にドーナツを盛った皿を置いた。

「河太郎はいくつ食うんだ？」

小皿に取り分けている白蓮さんが尋ねたけれど、河太郎くんは口を真一文字に結び答えない。

「それじゃあ適当に取るぞ。とりあえず三つな」

勘介くんほど食いしん坊ではない河太郎くんは、多分ふたつも食べればお腹が満タンなのに。

白蓮さんがなにを考えているのかわからない私は、緊張しながら彼の隣に座った。

それから、宿の人たちに配り終えた鬼童丸さんと雪那さんがそろって入ってくる。

「あれっ」

鬼童丸さんは白蓮さんが河太郎くんを抱っこしている様子を見て目を丸くした。

「あら、無口な坊やじゃない。鬼童丸さま、私もお膝の上に乗りたいですわ」

雪那さんが甘えた声を出した途端、鬼童丸さんがカチカチに固まったのがわかって噴き出しそうになる。

「か、勘介。たまには一緒に食うか」

鬼童丸さんは雪那さんの発言をスルーして勘介くんのところまで行き、彼を抱き上げた。

私はそのとき、とあることに気がついた。以前白蓮さんは、勘介くんに抱っこしてもらうと安心すると言われたと話していたが、それを実践しているのだと。

「それじゃあいただきましょう」

私が促すと、次々とドーナツに手が伸びる。

「お、もちもちじゃないか。ドーナツというものは初めて食したが、うまいもんだな」

「お豆腐が入っているからもちもちするんですよ。勘介くんと河太郎くんが潰してくれました」

「おぉ、そうか。ふたりとも手伝いをありがとう」

白蓮さんはそう言いながら、ドーナツに手を出さない河太郎くんのためにひとつ取って握らせた。でも、河太郎くんはなかなか口に運ぼうとはしない。

「なんだ、河太郎。食わせてほしいのか？」

河太郎くんはフルフルと首を振っている。拒否ではあるけれど、初めて白蓮さんと意思の疎通をした瞬間だった。

「鬼童丸さま。私は食べさせてほしいですわ」

しっかり鬼童丸さんの隣の席を確保している雪那さんが、恥ずかしげもなくおねだりしている。

どうしたらこんなことを言えるようになるんだろう……。別になりたくはないけれど。

「雪那は自分で食え。勘介……も勝手に食ってるな」

あっさり雪那さんの発言を却下した鬼童丸さんは、河太郎くんとは対照的にガツガツ食べ進んでいる勘介くんを見て苦笑している。

隣の和花さんもおやつを食べるときは真剣で、無口になりがちだ。

「見てみろ。勘介はもうふたつ目だ。負けるぞ」

白蓮さんに「ほら」と促された河太郎くんは、小さな口を開けてドーナツをかじった。

やった！

たったひと口かもしれない。けれど、きっと白蓮さんも鬼童丸さんも、このときが来るのを十年ずっと待っていたのだ。

白蓮さんの頬が途端に緩み、まるで父親のように優しい視線を送っている。

それから河太郎くんは、なんとひとつ完食した。

「彩葉。あとは頼めるか？」

おそらく河太郎くんがもう限界だと感じたのだろう。白蓮さんは残りのふたつのドーナツを私に差し出して促した。

「はい。河太郎くん、あとはお部屋で食べようか」

「鬼童丸さま。私もふたりきりで食べたいですわ」

「いや、ここでいいんじゃないか？」

今日の雪那さんは絶好調。しかし鬼童丸さんは冷や汗たらたらだ。

私はそんなふたりのやり取りに笑いそうになりながら、河太郎くんを連れて大広間を出た。

スッと私の手を握ってきた河太郎くんは、意外にも表情が穏やかで一安心する。

白蓮さんや鬼童丸さんが怖くないことはわかったはず。この調子なら完全な雪解けも近いかもしれないと感じた。

その晩は、お風呂から上がると白蓮さんに呼ばれて、彼の部屋に向かった。

どうやら相当飲める口の彼のために、冷酒を携えることは忘れずに。

「お酒をお持ちしました」

「おぉ、気が利く」

今日用意したのは、桜庵にも置いてあった辛口の純米大吟醸。

私は飲まないのでよくわからないけれど、すっきりとした味わいで、常温の〝冷や〟でたしなむと香りが引き立つと常連さんがよく言っていた。

彼の風呂上がりの浴衣姿は目のやり場に困るほど色気が漂っているので、どうしていいのかわからない。

机にお酒を置き、視線を不自然にさまよわせながら彼の向かい側に座った。

「彩葉も飲んでみるか？」

「ですから、まだ飲めないんですって」

果たして、かくりよでうつしよの法律に従う必要があるのかどうかはよくわからないが、やはりそこは守っておきたい。

「うまいのに」

「不良妖狐ですね」

「またそれか」

白い歯を見せた彼は、すぐにお酒を口に運ぶ。

「桜庵が懐かしいな」

「はい」

まだこちらに来てから日が浅いのに、もう懐かしんでいる。でも、大切な思い出の詰まった場所なのだから、これでいい気もする。

「河太郎のこと、ありがとう」

彼はお酒を机に置き、私と視線を絡ませて言う。

「私はおやつを作っただけです。白蓮さんが強引なのでドキドキしましたよ」

　正直に話すと、彼は苦笑している。

「俺たちはこれまで、なにをしても難しそうだからとそっとしておいた。でも、彩葉を見ていると、それではよくない気がしたのだ」

「私？」

「そうだ。今までのやり方ではこの先十年経っても、おそらく河太郎はあのままだ。でも、彩葉は積極的に接することで河太郎を部屋から引っ張り出すことに成功しただろう？　それならば俺も遠慮せず関わってみようと」

　私がしたことが突破口となったのか。

「そうでしたか。河太郎くん、あれから穏やかな顔をしていましたよ。また、膝の上で食べてくれるかも」

「今度は俺が迎えに行くか」

「お願いします」

　彼は再びお酒を口にしてから私を見つめた。

「彩葉も膝の上に来い」

「えっ？　もう酔ったんですか？」

　なに言ってるのよ！

「あぁ、酔った。酔うと甘えたくなるたちでな」

いつもどれだけ飲んでも酔わないでしょ？

「それは初耳です」

「少しはほだされてもいいだろう？　お前は河太郎より手ごわいな」

「お褒めにあずかり光栄です」

照れくささを隠して淡々と返事をすると、彼は噴き出した。

「雪那を足して二で割るとちょうどよさそうだ」

「雪那さんを足さないでください！」

あの積極性。すごいなとは常々感じているけれど、私も！とはならないし。

「だなぁ。足した瞬間、雪那に飲み込まれそうだからやめておこう」

彼は勝手なことを口にしてクスクス笑っている。河太郎くんとの距離が少し近づいたからか、上機嫌だ。

「それにしても彩葉はこちらに来てから働き通しだ。疲れてはいないか？」

白蓮さんが机に肘をのせて頬杖をつきながら尋ねてくる。

ほどかれている艶のある黄金色の髪がふわっと揺れた瞬間、ドキッとした。

彼の仕草一つひとつにいちいち鼓動が速まるのはどうしてだろう。

「大丈夫ですよ。お料理はとても楽しいです。実は、最近考えていることがあって」

「宿屋を再開できないでしょうか？　困ったあやかしたちは今まで通り滞在してもらうとして、そうじゃないあやかしにも来てもらえるように。私、料理はできますし」

提案すると、彼は目を丸くしている。

「再開か、考えたこともなかったな」

「たとえばですけど……。河太郎くんが元気になってもし彼が希望するなら、ここで働けるようにしたらどうかなって」

志麻さんは自立していったが、河太郎くんには難しい気がしたのだ。だから、勘介くんや和花さんのようにここに残って働くという選択肢が欲しいなと思った。

「なるほどな。でも、大変だぞ」

「以前働いていたあやかしたちに戻ってきてもらうことはできませんか？」

たしか庭番や風呂掃除、あとは大食いの——これは仕事じゃないけれど——あやかしがいたはずだ。

「あー、吾郎たちか。あいつ、うるさいんだよな」

と言いつつ、彼の頬が緩んでいる。うるさいけど楽しかったのかな。

「まあ、前向きに検討しよう」

「お願いします！　あと、夕飯の献立のリクエストはありますか？　私、勝手に作ってますけど、それぞれ食べたいものがあるのかなあって」

少し余裕も出てきたので、皆の好きなものも並べたい。

「食べたいものか……。茶碗蒸しだ」

彼はなぜか遠くに視線を送り、しみじみと言う。

「茶碗蒸しですか。わかりました」

彼とふたりで過ごす時間は、照れくささもあるが心和む大切なひとときだった。


翌日。

私は鬼童丸さんたちにも好きな献立を聞いて回った。すると、全員が口をそろえて「茶碗蒸し」と即答するので驚いた。

前世の私が作った茶碗蒸しはそんなにおいしかったのかな……。自分で聞いておいてなんだけど、これはプレッシャーだ。

晩ご飯のメニューはもちろん茶碗蒸し。桜庵でも出していたので、作り方のコツはわかっている。

中身は海老と鶏肉、そして椎茸に三つ葉。超定番の茶碗蒸しだ。

たまごに対してだし汁はその三倍から四倍くらい。今回は個人的な私の好みで三倍ほどにした。

器に注ぐときは静かに。そしてできてしまった泡は丁寧に潰す。

蒸し器がないので鍋で作ることになったが、ふきんで包んだ蓋をきっちり閉めて加熱する。蒸し器の場合は少し蓋をずらすといいのだが、鍋を使うときは閉めておけばいいと祖母に教わった。

そして火加減には細心の注意を払う。あまり高温になりすぎないようにするのがポイントだ。中火から始めて弱火に落とし、火から下ろして余熱で蒸らす。

「できたー」

これは上出来じゃない?

「茶碗蒸し……」

私と同じように鍋の中を覗き込んだ和花さんが、なぜか顔をゆがめる。

あれっ、嫌い?

でも彼女も茶碗蒸しが食べたいと言っていたけど。

配膳の手伝いに来てくれた鬼童丸さんまでもが、茶碗蒸しを見て神妙な面持ちになる。

皆、どうしたの?

彼は宿のあやかしたちの分のお盆を持ち、私に先立って歩き始めた。

「鬼童丸さん。茶碗蒸しって、これじゃなかったですか?」

私の知っている茶碗蒸しとかくりよのそれは違う？

「いえ。これです」

「なんだか、沈んでません？」

私はうまくできたと思ったけど、おいしそうじゃなかった？　厳しいな……。

「あぁ、沈んでいるわけではありません。ただ、胸がいっぱいと言いますか」

「胸がいっぱい？」

私が茶碗蒸しを作れると思っていなかったからうれしいとか？

疑問だらけで首をかしげていると、彼はふと表情を緩めた。

「実は、前世の彩葉さまが最後に振る舞ってくださったのが茶碗蒸しだったのです」

「え……」

それで皆のリクエストがそろったの？

「彩葉さまがご健在だった頃のうつしよは、まだ茶碗蒸しというものがさほど普及していませんでした。ですが、何度も作り直して私たちに出してくださいました」

そうか。私は祖母にレシピを教わったが、その頃はなにもかも手探りで作っていたんだろうな。

「うまかったなぁ。彩葉さまが亡くなられて、誰も茶碗蒸しについて触れられなくなりました。でも、こうして戻っていらっしゃって……」

彼が珍しく感極まった様子で言葉を詰まらせる。

私は自分がこれほどまでに歓迎されていることに感激せずにはいられなかった。

「また食べたいなあと思っていたんです。今度こそ、ずっと食べられるようにお守りします。あ、それでは茶碗蒸しのためみたいですね。あはは」

「そうでしたか。それじゃあ、今回のはうんと上達しているはずです。なにせ厳しい祖母のダメ出しに耐えて覚えた茶碗蒸しですから」

「それは楽しみです」

彼は笑顔を取り戻し、白い歯を見せた。


大広間の机に茶碗蒸しを並べた頃、白蓮さんがやってきた。

「うまそうだな」

彼の視線はやはり茶碗蒸しに注がれている。

「茶碗蒸し伝説を鬼童丸さんからお聞きしました」

「伝説？……あぁ」

伝説と言うのはおかしいが、切なくなるのが嫌で、あえてテンション高めに話しかけた。とはいえ、意味は通じたらしい。

「でも、懐かしんでしみじみなんてしないでください。これは新しい生活が始まる記念の茶碗蒸しです」

　私は笑顔で告げる。

　きっと彼らにとって茶碗蒸しは、大切な思い出ではあるが悲しい感情とセットになっている。けれど、この茶碗蒸しは違う。これからの楽しい未来のために作ったものだ。

「そうか。そうだな」

　白蓮さんは満足そうに微笑みうなずいた。

　しかし、大好物の黒豆片手に駆け込んできた勘介くんを見て、眉を上げる。

「おい勘介。口がもごもごしてないか？」

「あっ、見つかった！」

　どうやらお腹が空きすぎて、黒豆をつまんだようだ。

「行儀が悪いぞ。もう少し成長しろ。これから宿屋を始めるとなると、バリバリ働いてもらわないと困る」

　ん？　今、すごく大切なことを言わなかった？

　ご飯をよそう手を止めて、ポカーンと白蓮さんを見上げる。

「彩葉。その腑抜けの顔は俺以外には見せるな」

「え、腑抜け？」

そんなひどい顔だった？

しかも『俺以外には見せるな』とか、ちょこちょこ俺様発言を入れてくるので恥ずかしくてたまらない。

別に私はあなたのものじゃないの！

「白蓮さま、宿屋を始めるとは……」

私より先に質問をしたのは、雪那さんを隣に従えてやってきた――いや、強引にくっつかれている、鬼童丸さんだ。

「彩葉の提案で宿屋を再開しようと考えている。吾郎たちも呼び戻そうかと」

「あの口から生まれたような吾郎をですか。ま、にぎやかになって楽しいでしょうけどね」

吾郎さんというあやかしはよほどおしゃべりなようだ。

「はぁ？　吾郎？」

なぜか雪那さんが落胆している。

「雪那の天敵だからなぁ」

白蓮さんが漏らすと、鬼童丸さんが含み笑いをした。

「天敵？」

「吾郎はズバズバものを言うんだ。普段俺たちが雪那に言えないことも」

白蓮さんが小声で教えてくれる。

「それは楽しみ……」

「ちょっとあんた！　なにが楽しみだって？」

しまった。聞こえてしまった。

「雪那。鬼童丸の前だぞ」

「あら私、なにか言いました？」

白蓮さんに指摘されてコロッと豹変する。

やっぱりちょろいよ、雪那さん。でも、それが彼女のかわいいところだ。

「白蓮さん、宿屋をやっても本当にいいんですか？」

「あぁ。彩葉の生きがいになりそうだからな。その前に嫁になれ」

「どさくさに紛れてなに言ってるんですか？」

あやうくうなずきそうになったじゃない。

「ちょっと首を縦に振るだけじゃないか」

「そういう問題じゃないでしょ！　えっ……」

私の隣にやってきた雪那さんが、不意に私の頭をうしろから押すのでうなずくような形になってしまう。

「雪那もたまには役立つな」

「今のは無効！」

私があわてて叫ぶ隣で、雪那さんは不服そうに顔をしかめる。

「白蓮さま。たまにじゃなくて、いつもの間違いですわ。この私にできないことなんてないのです」

彼女の自信満々の抗議に、クスクスと笑いが広がった。

茶碗蒸しは大好評で、夕食はかなり盛り上がった。

前世の私のことでしんみりするのでは？と心配したが、思い出ではなく始まりだと宣言したからか、皆笑顔で純粋に食事を楽しんでくれたように思う。

その日の晩。

私は白蓮さんに宿屋再開のお礼を改めてしたくて、彼の部屋を訪ねた。

「宿屋のこと、ありがとうございます」

私の生きがいになりそうと彼は言ったが、その通りかもしれない。かくりよで生きていくと決めた今、桜庵を続けることは難しくなったものの、新たな目標ができた。

「彩葉の願いは叶えないと。だが、お前が大変になるんだぞ？」

「たしかに忙しくなるかもしれませんけど、楽しいと苦になりませんよ」

「前世のお前もそんなことを言っていたな」

　彼は目を細める。

「それにしても、大活躍だ。黒爛から守るために連れてきたわけだし、なにもせずにここにいてもいいのに」

「なにもしないなんて、余計に苦痛です」

　こうして忙しくしていると、祖母を亡くしたショックからも立ち直ってきた気がする。手持ち無沙汰だと気も紛れないのだ。

「そうか。活躍してくれている褒美をやりたいくらいなんだが、俺はなにも持っていなくて……」

　持っているじゃない。広くて温かな心を。それに救われているあやかしがきっとたくさんいるはずだ。もちろん私も。

「なにか欲しいものがあれば、うつしよに手に入れに向かわせるぞ」

　それを聞いていてひらめいた。

「欲しいものがひとつだけあります」

「なんだ？」

「白蓮さんの尻尾！」

　私が意気揚々とねだると、彼は目を真ん丸にしている。

「尻尾？　そんなものが褒美？」

「はい。私にとっては一番大切なものですよ」

「まったく。どうして尻尾限定なんだ」

彼はあきれ顔。〝尻尾ではなく俺にしろ〟と顔に書いてあるが、それは気づかなかったことにしよう。

「だって、本当に心地いいんです。毛並みのそろったふかふかの尻尾」

「あぁ、もうわかった」

彼は観念して尻尾を出してみせた。セットでかわいい耳も。

「好きにしろ」

「はーい。好きにします！」

私は思いきり尻尾に向かってダイブした。

「あぁっ……」

するといつものように彼の口から声が漏れる。しかも、ピンと立っていた耳までふにゃりと折れることを私は知っている。

「はー、気持ちいい。これこれ」

私は毛並みを確かめるように何度も手を往復させた。

「おいっ、ソフトタッチはやめろと言っただろ。握るならもっと強く……はぁっ」

頬をすりすりすると、彼は完全に腰が砕けた。

陽の世の頂点に立つ威厳ある妖狐がこんなに情けない姿をすることを、他にも誰か知っているのだろうか。

「お前、俺の力が抜けるのを楽しんでないか？」

「ふふふ。わかります？」

「チッ。離れろ。……あぁ」

威勢のいい言葉を発しているくせして、私が尻尾をゆっくりなでると、たちまち鼻から抜けるようなちょっぴり色っぽいため息を漏らすのがおかしい。

「白蓮さん、ありがとうございます。私、この尻尾のおかげで……。ううん、白蓮さんのおかげでこれからも前向きに生きていけそうです」

「もちろんだ。お前は俺とずっと生きていくんだぞ」

心なしか頬が赤らんでいる彼は、優しい眼差しで私を見つめる。そして、もふもふの尻尾をふわりと動かし、私をぐるりと取り囲んだ。

大切なものを包み込むように、そっと。


【完】

あとがき

もふもふの尻尾を持つ妖狐・白蓮と、前世の妻・彩葉のお話はいかがでしたでしょうか？　お楽しみいただけましたなら幸いです。

尻尾への執着は実は私自身があるんです。（妖狐は知りませんよ？）幼い頃、犬のぬいぐるみの尻尾を握りしめないと眠れない子でした。白くてあまり大きくなかったことだけはうっすらと覚えています。でもそれは尻尾だけで、ぬいぐるみの体はまったく記憶にありません。ちぎれた尻尾が宝物だったんですね。フワフワして気持ちよかったのかもしれません。（本体、興味なくてごめん……）彩葉は単にさわりごこちが気に入っていた私とは違い、白蓮の尻尾を求めるのにはわけがありましたが、そんな思い出から生まれた物語でした。

とにかくひたすら彩葉のことが好きな白蓮は、心情だだ漏れもおかまいなし。というか、むしろわからせたい。それに戸惑う彩葉ですが、私はここまで好かれた経験がないのでうらやましくもあったり。でも、雪那もそうか……。と思うと、ほどほどが一番でしょうか。

陽の世は、得意なことを提供して他のものを得るというシステムですが、皆さんならなにを提供しますか？　私は……なんだろう。小説じゃダメかしら？　彩葉ほど料理もうまくはないしなあ。裁縫が得意なほうなので、志麻のようにお針子さんあたりかな。好きなことを生かして生活できるという、とてもいいシステムのように思いますが、自分になにがぴったりなのか見極めるのが簡単じゃない気がしてきました。アイドルではないことだけはすぐにわかりましたが……。

この作品をお手に取ってくださいました皆さまの中には、表紙に魅かれてという方もたくさんいらっしゃるのではないでしょうか。さばるどろ先生に描いていただきましたが、もうラフの段階から心臓を撃ち抜かれておりました。担当さんに「鼻血出た」と大興奮で食いついた気が。さばるどろ先生、素敵な表紙をありがとうございました。そして、最後までお付き合いくださいました皆さま、感謝しております。またお会いできることを祈って。

朝比奈希夜

この物語はフィクションです。実在の人物、団体等とは一切関係がありません。

朝比奈希夜先生へのファンレターのあて先
〒104-0031　東京都中央区京橋1-3-1　八重洲口大栄ビル7F
スターツ出版（株）書籍編集部 気付
朝比奈希夜先生

あやかし宿の幸せご飯
～もふもふの旦那さまに嫁入りします～

2019年12月28日　初版第１刷発行

著　者　　朝比奈希夜　©Kiyo Asahina 2019

発 行 人　菊地修一
デザイン　金子歩未（TAUPES）
　　　　　フォーマット　西村弘美
発 行 所　スターツ出版株式会社
　　　　　〒104-0031
　　　　　東京都中央区京橋1-3-1　八重洲口大栄ビル7F
　　　　　出版マーケティンググループ　TEL 03-6202-0386
　　　　　（ご注文等に関するお問い合わせ）
　　　　　URL　https://starts-pub.jp/
印 刷 所　大日本印刷株式会社

Printed in Japan

乱丁・落丁などの不良品はお取り替えいたします。上記出版マーケティンググループまでお問い合わせください。

定価はカバーに記載されています。
ISBN　978-4-8137-0807-0　C0193

スターツ出版文庫　好評発売中!!

『君が残した青をあつめて』　夜野(よるの)せせり・著

同じ団地に住む、果歩、苑子、晴海の三人は幼馴染。十三歳の時、苑子と晴海が付き合いだしたことに嫉妬した果歩は、苑子を傷つけてしまう。その直後、苑子は交通事故で突然この世を去り……。抱えきれない後悔を背負った果歩と晴海。高校生になったふたりは、前を向いて歩もうとするが、苑子があつめていた身の回りの「青」の品々が残像となって甦る。晴海に惹かれる心を止められない果歩。やがて、過去を乗り越えたふたりに訪れる、希望の光とは？

ISBN978-4-8137-0776-9 ／ 定価：本体590円＋税

『ログイン0』　いぬじゅん・著

先生に恋する女子高生の芽衣。なにげなく市民限定アプリを見た翌日、親友の沙希が行方不明に。それ以降、ログインするたび、身の回りに次々と事件が起こり、知らず知らずのうちに非情な運命に巻き込まれていく。しかしその背景には、見知らぬ男性から突然赤い手紙を受け取ったことで人生が一変した女子中学生・香織の、ある悲しい出来事があって——。別の人生を送っているはずのふたりを繋ぐのは、いったい誰なのか——⁉　いぬじゅん最大の問題作が登場！

ISBN978-4-8137-0760-8 ／ 定価：本体650円＋税

『僕が恋した図書館の幽霊』　聖(ひじり)いつき・著

『大学の図書館には優しい女の子の幽霊が住んでいる』。そんな噂のある図書館で、大学二年の創は黒髪の少女・美琴に一目ぼれをする。彼女が鉛筆を落としたのをきっかけにふたりは知り合い、静かな図書館で筆談をしながら距離を縮めていく。しかし美琴と創のやりとりの場所は図書館のみ。美琴への慕る想いを伝えると、「私には、あなたのその気持ちに応える資格が無い」そう書き残し彼女は理由も告げず去ってしまう…。もどかしい恋の行方は…⁉

ISBN978-4-8137-0759-2 ／ 定価：本体590円＋税

『あの日、君と誓った約束は』　麻沢 奏(あさざわ かな)・著

高1の結子の趣味は、絵を描くこと。しかし幼い頃、大切な絵を破かれたことから、親にも友達にも心を閉ざすようになってしまった。そんな時、高校入学と同時に、絵を破った張本人・将真と再会する。彼に拒否反応を示し、気持ちが乱されてどうしようもないのに、何故か無下にはできない結子。そんな中、徐々に絵を破かれた“あの日”に隠された真実が明らかになっていく——。将真の本当の想いとは一体……。優しさに満ち溢れたラストはじんわり心あたたまる。

ISBN978-4-8137-0757-8 ／ 定価：本体560円＋税

書店店頭にご希望の本がない場合は、書店にてご注文いただけます。